KB010727

엄마의 일기장

엄마의 일기장

장모님은

1943년 강원도 횡성군 갑천면에서 출생

1963년 결혼, 강원도 횡성군 서원면에서

2남 2녀의 자식을 키우며 살다

1980년 인천으로 이사, 십정동, 학익동, 동춘동에서 생활

2018년 10월 20일 췌장암 투병 중 75세로 생을 마감하셨습니다.

장모님은

꽃을 좋아하고,

공부를 좋아하고,

꽃 사진 찍는 것을 좋아하고,

사람 만나는 것을 좋아하셨습니다.

글쓰기와 사람들을 만나는 것을 좋아하셔서

인천 연수구 소재 인천시 평생학습관 중등 과정에 등록하여

친구들과 배움의 끈을 놓지 않고 열심히 공부했으며,

그 외 영어 과정, 수필 과정을 등록하여 배움을 즐겨하셨고,

18년도 인천 평생교육진흥원 주관 '성인문해교육시화전'에서

인천 평생교육진흥원장상을 수상하였으며,

친구들과 하루하루를 즐겁고 재미있게 지내셨습니다.

주말마다 근처에 살고 있는

출가한 두 딸을 데리고 목욕탕 가는 것을 좋아했으며,

청주 모 요양원에는

5년째 요양 중인 98세 老母가 계셔서

한 달에 한두 번씩 老母를 만나러 청주를 다녀오시곤 했습니다.

2018년 9월 초 췌장암 4기 진단을 받고

두 달여간 병원에서 항암 투병 중,

2018.10.20. 19:05분경 75세로 운명하셨습니다.

집 컴퓨터에 저장해둔 일기와

블로그에 써둔 여러 흔적을 찾아

장모님의 뜻을 받들어 책으로 출간합니다.

장모님의 맑고 긍정적인 글,

아름다웠던 生의 모습을 잊지 않기 위하여

가족들이 기록으로 영원히 남깁니다.

둘째 사위

차례

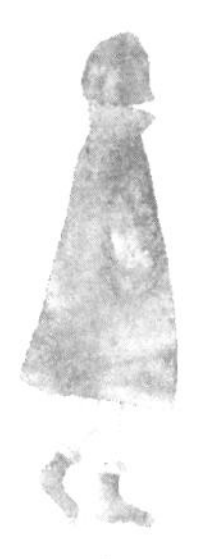

2부

다음 블로그를 열다

– 2012년도에 올려놓은 글

3부
이 별

4부

추모의 글

1부

마음으로 쓴 詩

늙은 소

늙은 소 한 마리가

독풀을 먹고 마구 날뛴다.

이 소는 젊어서부터

독풀을 좋아했다고 한다.

독풀을 먹고 날뛰는 늙은 소 때문에

주인은 몸도 마음도 병들어간다.

그렇다고 내다팔 수도 없다.

독풀만 먹으면 발작을 일으키는

늙은 소를 누가 사겠는가.

스스로 자제하기만 기다릴 뿐

주인은 친척 소개로 이 소를 선택했다.

믿은 친척한테 완전 속았다.

독풀을 좋아하는 늙은 소 훗날 어떤 모습일까?

『살아오면서 누군가에게 괴롭힘을 많이 당했나 보다. 한평생 괴롭힘을 당하며 살아온 인생이 불쌍하다. 젊어서부터 독풀을 좋아한 늙은 소가 독풀이 아닌 술을 먹고 날뛰며 못살게 굴었구나. 늙은 소를 오래전 친척 소개로 만나 한평생을 같이 살아왔는데, 살다 보니 완전히 속았다는 느낌이 들었지만 어떡하랴 내다팔 수도 없고, 함께 살아온 인생이 행복이 아니라 아픔이라서 더욱 가슴 아프다. 장인어른은 젊어서부터 술을 좋아하셨다.』

나의 보물 꽃

내 인생을 살아오면서
무궁화 꽃 두 송이
장미꽃 두 송이를 피웠다.

무궁화 꽃을 보면 볼수록
든든하고 믿음직하다.
장미꽃은 아름답고 예쁘다.

장미꽃이 예쁘다고 나만 볼 수 없어
눈독 들이는 청년에게 큰 송이를 분양하고
작은 송이도 믿음직한 청년에게 분양했다.

무궁화 꽃이 외로워 보여 경상도에서
예쁜 꽃을 분양받아 무궁화 꽃 옆자리에
놓았다. 혼자 남은 무궁화 꽃에게는 외국에서
예쁜 꽃을 분양받았는데 아직 도착 안 했다.

『장모님은 늙은 소와 함께 살면서 딸 둘, 아들 둘을 낳아 키웠다. 장미꽃 두 송이를 듬직한 청년에게 분양하고, 작은 무궁화 꽃 한 송이는 경상도에서 핀 예쁜 꽃을 분양받아 한 화분에 심었다. 큰 무궁화 꽃은 늦은 나이에 우즈벡의 예쁜 아가씨와 결혼했는데 아직 오지 않았다. 장모님이 돌아가시기 이틀 전에 우즈벡 아가씨가 입국하여 병실에서 얼굴을 보았으니 기뻤으리라.』

가시 돋은 엉겅퀴꽃

너는 어찌 그리 가시만 날카롭게 세우고 사니
그리 잘 나지도 않고 예쁘지도 않은 꽃을 피우는 너
약하고 어린 꽃을 가시로 찔러 상처를 주고 마구 짓눌러
마음 놓고 꽃을 피울 수 없게 하니
너도 세월이 가면 병들고 약해질 텐데
그때는 어찌하려고
너의 가시만 내세워 옆에 있는 연약한 꽃을 마구 대하니
이제라도 속죄하는 마음으로
가시를 내리고 이기적인 생각에서 벗어나
고운 언어와 베푸는 마음으로 남은 생을 살았으면 좋으련만
돌머리 엉겅퀴야 정신 차려 세상에는 공짜가 없어 네가 베푼 만큼 돌려받는 거야
못난 호박꽃도 자존심은 있는 거야 선한 말과 본받을 행동을 많이 저축해야
늙고 병들면 찾아 쓸 게 있어 엉겅퀴꽃 자신이 생각해봐 무엇을 얼마나 저축을 했나 먼 훗날 찾아 쓸 게 있을까? 네 그늘에서 사는 보잘것없는 꽃도 자존심은 있어 완전 돌머리 엉겅퀴꽃 향기도 없고

우아하지도 않은 멍청한 꽃 오죽하면 먼 데 있는 호박꽃이 완전 돌머리라고 했을까

『가시를 날카롭게 돋아 누군가 다가오는 것을 경계하고, 찔리면 큰 상처를 입을 것만 같은 꽃. 가시를 몸에 달고 있어 누구도 접근하려 하지 않는, 평생 혼자 살아가야 하는 꽃. 엉겅퀴꽃도 꽃이라지만 장모님에게는 평생 아픔을 준, 기억하고 싶지 않은 꽃이었나 보다.
엉겅퀴꽃아! 세상에는 공짜가 없다. 네가 베푼 만큼 돌려받는다. 남을 괴롭히지 마라. 연약한 사람을 괴롭히지 마라. 너도 언젠가는 늙고 병들고 후회할 날 있으리라.』

꽃밭

학습관 꽃밭에 오면 나도 꽃이 되어 꽃밭에 합석한다.
내가 꽃밭에 오길 잘했다는 생각이 든다.
꽃밭에는 좋은 친구가 많으니까
내 옆에 있는 꽃은 다정한 친구
꽃밭에는 싱싱하고 예쁜 꽃도 있고
먼저 핀 꽃도 있다.
싱싱한 꽃은 그 자체만으로도 예쁘고
먼저 핀 꽃은 부드럽고 은은한 향기가 있어 좋다.
웃음꽃이 피어나는 정다운 꽃밭 꽃
이름은 다 달라도 목표는 똑같다.
꽃밭에는 우리를 지도 하시는 선생님이 계셔
꽃밭에 오는 날이 즐겁고 기다려진다.

『학습관을 꽃밭으로 표현한 상상이 참! 멋지고 아름답다.
꽃밭에는 싱싱한 꽃, 예쁜 꽃, 먼저 핀 꽃들이 가득 피어 바람이 불면 한쪽으로 흔들리고 향긋한 웃음소리가 학습관에서 세상 밖으로 환하게 퍼져나간다. 살아온 삶과 서로의 이름은 달라도 목표는 똑같다. 나도 그 꽃밭에 한번 앉아보고 싶다. 나도 함께 웃고 함께 흔들리는 꽃이 되어보았으면.
장모님은 집 근처에 있는 인천시 평생학습관 중등 과정에 등록하여 어린 시절 못다 한 공부를 친구들과 어울려 배우셨다. 컴퓨터 과정, 영어 과정도 등록하여 배우셨다. 친구들을 만나는 시간만이라도 행복해보여 고맙습니다.』

라일락꽃

너의 아름다움에 반하고
너의 진한 향기에 취하고

너의 위치를 향기가 알리고
너의 앞에 가면 발이 멈추고

너의 향기는 만인의 향수가 되고
너의 향기에 벌 나비가 모여들고

너의 향기가 나를 공원으로 불러내고
너의 향기에 나는 네 앞을 서성인다.

『세상에 아름답지 않는 꽃이 어디 있으랴. 봄날 흩날리는 라일락꽃 향기에 취하여 하루를 아름답게 보낸 시간들이 많으리라. 봄날 라일락꽃 향기를 맡으며 걷고 있는 당신 모습이 눈에 선하다. 이제는 볼 수 없는 당신, 아직도 옆에 있는 듯하다. 봄날 라일락꽃 향기 흩날리면 그대인 듯 그대인 듯 가던 길 발길을 멈추고 오래도록 바라보겠습니다.』

새

나는 새가 되고 싶다.
상공을 훨훨 날아다니는 새가 되고 싶다.
배고프면 먹이를 찾아 먹고
즐거우면 노래를 부르고
슬플 때는 마음 놓고 울어도 보고
훨훨 날아다니다 힘들면 나뭇가지에 앉아
뭉게구름 두둥실 떠 있는 하늘을 보고
나의 소원도 빌어보고 내가 가고 싶은 곳은
어디든지 마음 놓고 훨훨 날아다니는
새가 되고 싶다.
아픔과 반복되는 생활 속에서 벗어나
자유롭게 훨훨 날아다니는 새가 되고 싶다.

『이제는 새가 되어 푸른 하늘을 훨훨 날고 있을 당신.

이제 당신 앞에 놓인 모든 시간은 당신만의 자유로운 시간입니다. 원하는 대로, 하고 싶은 대로, 가고 싶은 곳으로 훨훨 날아다녔으면…. 그동안 작은 새장에 갇혀 고통에 시달리다 원하는 자유를 얻었으니 그곳에서 원하는 삶을 살았으면 좋겠습니다. 새도 되어보고, 뭉게구름도 되어서 가고 싶은 곳, 만나고 싶은 사람을 만나 행복하게 원하는 대로 살았으면….』

옥수수

옥수수는 장한 어머니
옥수수는 허리도 안 아픈가 봐
가냘픈 몸으로 아기를 셋이나 업고
비가 오나 바람이 부나 그 자리에 서있는
장한 어머니 첫째는 진갈색 머리 둘째는
연갈색 머리 셋째는 연분홍 머리
등에 업힌 첫째, 둘째, 셋째 머리는 다
달라도 그들은 틀림없는 한형제
비바람을 견디다, 견디다 정 힘들면
허리가 옆으로 휘어져도 쓰러지지 않는
장한 어머니 잘 자라 영근 삼 형제를
사람들이 모두 가져가도 말없이 내어
주는 착한 옥수수 어머니

『우리 어린 시절 엄마의 등에 업혀 크지 않은 사람 있는가? 광주리 가득 물건을 담아 머리에 이고 등에는 어린아이 업고 고단한 삶을 산 그 시절, 엄마의 모습처럼 옥수수도 몸에 자식을 등지고 키우고 있다. 얼마나 힘들까?』

거미줄에 걸린 나뭇잎

낙엽으로 떨어지다 거미줄에 걸린 나뭇잎 하나
바람이 불면 거미줄에서 그네를 타며 윙윙 춥다고
소리 내 징징거리네 낙엽으로 땅에 떨어진 나뭇잎은
청소부가 커다란 자루에 담아 어디론가 실어갔어 너는
운이 좋아 거미줄에 앉아 바람이 흔들어주는 그네를 타니
추워도 행복하잖니, 다들 자루 속에 담겨 어디론가 실려 가는데
친구들에 비하면 너는 운이 좋은 거야 머지않아 봄이 올 거야
윙윙 울지 말고 거미줄을 고마워하며 봄을 기다려봐

『생을 다하고 떨어지는 나뭇잎 하나에도 생명력을 불어넣은 마음.
일찍 떨어진 나뭇잎들은 쓰레기장으로 가거나 버려졌을 텐데, 마지막 떨어지는 잎새는 봄을 기다릴 수 있어 정말 행복하겠다.
마지막 지는 잎새여!
그대는 봄까지 기다릴 수 있는 기회가 주어졌으니 얼마나 행복한가?
봄을 만날 수 있는 너는 행복하리라. 나는 영원히 봄을 만날 수 없다.』

겨 울

겨울은 겨울은 요술쟁이
온 세상을 하얗게 만드니까요.
나무 위에 목화 꽃을 피우니까요.

겨울은 겨울은 요술쟁이
처마 끝에 고드름을 만드니까요.
하얀 눈사람을 만들게 하니까요.

겨울은 겨울은 요술쟁이
아이들 썰매를 타게 하니까요.
스키장 주인을 행복하게 하니까요.

『나도 겨울처럼 요술쟁이가 된다면 딱 하나 소원을 빌고 싶다.
당신을 다시 만나 그동안 나누지 못한 사랑을 나누고 싶다.
해보고 싶은 것 하고, 함께 여행도 다니며, 맛난 것도 먹으며 하루의 여유를 느껴보고 싶다.
옆에 있을 땐 몰랐는데 없으니 아쉬운 게 너무 많다.
미안한 게 너무 많다. 그때 잘해드릴 걸, 그때 여행을 자주 다닐걸, 그때 맛난 것 많이 사드릴걸, 있을 땐 느끼지 못했는데 없으니 후회가 든다.
소중한 사람이 옆에 있을 땐 소중한 것을 모른다.
누군가 소중한 사람이라는 것을 알았을 땐 너무 늦다.
사람들아, 자식들아, 세상에 요술쟁이는 없다.
돌아가신 다음에 후회해봐야 아무 소용없다.
옆에 있을 때 잘하자. 살아계실 때 잘 해드리자.
화려한 가을이 가고 있다. 아름답게 불타오르던 나뭇잎들도 다 지고, 앙상한 가지들이 바람에 흔들리고 있다.
내가 요술을 부릴 수 있는 기회가 주어진다면 딱 한 번만 요술을 부려보고 싶다.』

매 미

매암매암 맴맴

매미가 아침잠을 깨운다.

잠꾸러기 아이들은 눈 비비고 일어나

매미채를 메고 매미가 노래하는 나무 밑으로 달려간다.

매미는 신나게 노래를 부르다.

아이들을 보고 노래를 멈춘다.

아이들은 매미를 찾느라 나무 밑에서

빙빙 돌며 매미를 찾는다.

나뭇가지 위에 앉아 있던 참새는 고개를

갸우뚱갸우뚱 매미 낚아챌 기회만 엿보고 있다.

눈치 빠른 매미는 찌르르 소리를 내며 분비물을

뿌리고 날아간다. 참새도 매미를 놓칠세라

따라간다. 아이들은 어이없는 표정으로 매미채를

메고 허탈한 발길로 돌아간다.

『지금은 단풍잎들도 다 떨어지고 산과 들녘이 허전한 계절이다. 아쉬운 가을의 끝자락. 떠날 사람은 다 떠나고 홀로 남은 사람은 외로움으로 사는 계절. 매미 울음소리 자취를 감춘 지 오래, 매미가 시끄럽게 울어대던 여름날의 하루가 생각난다. 나무에 매미가 붙어 울고 그 소리를 찾아 아이들이 나무 아래로 매미채를 가지고 우르르 몰려가는 모습이 눈에 선하다. 이젠 그 모습도, 이젠 그 모습을 바라보던 당신도 볼 수 없으니 아쉽기만 하다. 시끄러운 매미 울음소리도, 당신의 아픔도 지나고 보면 아름다운 추억이었다.』

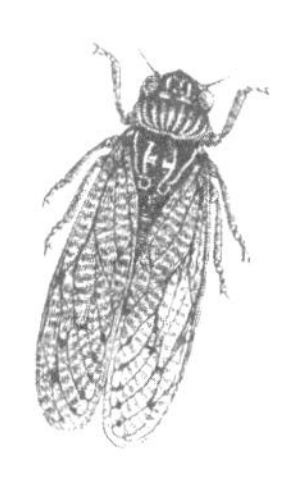

밤하늘에 아빠별

밤하늘에 반짝이는 아버지별

뚝 따다 어머니 옆자리 모셔다드리고

어두운 밤 외로움에 잠 못 이루는

어머니를 사랑으로 위로해주고 오랜 세월

그리웠던 말 남김없이 다 말해주고 그동안 고생했소 하고

어머니 살아온 긴 세월을 알아주시고 고독한 세월 외로움에 지친 마음

이제는 내려놓고 편히 깊은 잠 주무시게 아버지별이

어머니를 위로해주셨으면 얼마나 좋을까

이루어질 수 없는 현실이지만 간절한 마음으로 빌어보는 나

『어머니와 아버지에 대한 간절한 그리움, 어린 시절부터 아버지를 여의고 살아온 인생은 얼마나 마음 아팠을까? 재혼하지 않고 지금까지 홀로 인생을 사신 엄마, 그 엄마가 청주 요양병원에 5년째 요양 중이다. 한 달에 한두 번씩 면회를 갔는데 이제는 갈 수가 없다. 엄마는 알고 있을까? 딸이 면회를 갈 수 없다는 것을…. 하늘에 아빠별이 요양병원에서 요양 중인 엄마를 위로해주었으면 하고 비는 그 간절한 소원을 지금이라도 들어주었으면 좋으련만….』

반짝 반짝

반딧불은 반짝반짝
여기서 반짝 저기서 반짝
아침 햇살도 반짝반짝
밤하늘에 별도 반짝반짝
우리 아들 계급장도 반짝반짝
우리 손자가 받은 메달도 반짝반짝
내가 닦은 양은 냄비도 반짝반짝
밤새 내린 눈도 햇살에 비춰 반짝반짝
우리가 사는 세상은 모두 반짝반짝

『반짝이는 것 모두가 영롱한 보석의 빛깔처럼 아름답다. 그렇게 세상이 아름답게 빛났으면 좋겠다. 세상을 아름답게 반짝반짝 빛나며 살아온 당신과 함께한 삶이 그립습니다. 당신이 걸어간 길로 인하여 우리의 길도 반짝반짝 빛났으면.』

시끄러운 매미 노랫소리

매미 노랫소리가 아침잠을 깨운다.

야무진 노랫소리에 더 이상 잠을 잘 수 없다.

언제 새한테 물려갈지도 모르고

오늘 하루는 즐거운가 보다.

목청껏 노래를 부르는 매미

이 더운 날 그리 열심히 노래를 부르다

지쳐 땅에 떨어지면 개미 밥이 되잖니

이제 그만 노래를 불러라

같은 노래를 자꾸 들으니 시끄럽다.

『한여름 시끄러운 매미 소리를 들어본 적 있는가. 시끄러운 소리에 잠을 깨어 신경질을 부려본 날들이 많았다. 좋은 소리도 한두 번, 자꾸 들으면 듣기 싫은 소음이 된다. 지난 여름날이 그립다. 당신과 함께한 날들이 그립다. 매미들이여, 시끄러운 소리로 저기 잠들어 있는 사람을 깨워다오.』

산골짜기

깊고 깊은 산골짜기 작은 집 한 채
나무하는 아버지와 나물 뜯는 어머니
오늘은 나무하고 내일은 장작 패고
아버지가 하는 일
오늘은 더덕 캐고 내일은 더덕 요리
어머니가 하는 일
하루하루 자연 속에서 행복하게
살아가는 아버지 어머니
자연을 벗삼아 살아가는
산골짜기 아버지 어머니

『이 얼마나 행복한 모습일까? 아버지는 장작을 패고 어머니는 맛난 요리를 하면서 살아가는 풍경이 정겹기만 하다. 도시생활에 지친 사람들이 원하는 삶일 것이다. 옛날이 그리운 당신, 옛날의 엄마 아버지가 보고 싶은 마음이 엿보인다.
이제는 그 산골짜기에 아무도 없다. 엄마도, 아버지도, 옛 추억과 생각만 있을 뿐, 그 추억도 사라졌으니 아쉬울 뿐이다.』

한 송이 장미꽃

화단에 어린 장미에서
꽃 한 송이 피었다.

한 송이라서 더 곱다.
한 송이라서 더 가슴이 아프다.

한 송이라서 더 향기롭다.
한 송이라서 보고, 또 바라본다.

『타인의 아픔을 나의 아픔처럼 생각하며 살아온 세월, 곁에서 지켜본 당신의 삶은 언제나 아름다웠고, 행복했습니다. 나의 아픔보다는 상대의 아픔을 먼저 찾아 위로해주었고, 나의 행복보다는 가족의 행복을 위해 살아온 당신. 살아오면서 좋은 일이나 이익이 되는 순간에는 언제나 뒤에 있었습니다. 상대의 아픔에 누구보다도 먼저 마음을 열고 다가간 당신이 있었기에 세상은 장미꽃 향기처럼 아름다웠고 행복했습니다. 그렇게 당신이 아름답게 닦아놓은 세상은 이제 꽃길입니다. 당신으로 하여금 우리는 꽃길만 걷겠습니다.

한 송이 꽃 앞에서도 여린 마음으로 다가간 당신, 세상에 피는 한 송이 꽃을 바라볼 때면 이제는 그 꽃이 당신이라 생각하겠습니다. 한 송이 꽃 앞에서는 자세를 정숙하게 하고, 머리 숙여 오래도록 당신이 남기고 간 향기를 기억하겠습니다. 그리하여 당신을 영원히 잊지 않겠습니다.』

잠자리

우리 손자 옆집 손자
곤충채집 하려고 잠자리 채 메고
잠자리 사냥 나간다.
잠자리는 높이 날다 낮게 날고,
낮게 날다 높이 날고,
잡힐 듯 잡힐 듯 잡히지 않고
우리 손자 옆집 손자
이리 뛰고 저리 뛰고 애를 태우네.
잠자리 잡으려다
우리 손자 옆집 손자
양 볼이 원숭이 엉덩이 되었네.

『잡힐 듯 잡힐 듯 잡히지 않는 잠자리, 잠자리를 뒤따라가지만 약 올리며 날아가는 잠자리가 야속하기만 했던 시절, 그걸 바라보는 어른들은 재미있었다. 손자들이 있어 행복한 날들이여, 고맙다.』

장 점

꽃이 진다고 아쉬워 마라

꽃이 진 자리 파란 잎이 피잖니

잎이 태양을 가린다고 원망하지 마라

잎이 바람을 막아주잖니

잎이 열매를 막아 답답하다 하지 마라

열매를 해치는 적으로부터 열매를 숨겨주잖니

상대의 단점을 보지 말고 먼저 장점을 보라

남을 원망하지 말고 자신을 한번 돌아보라

『그대, 그대여 사랑이 떠나간다고 슬프거나 아쉬워 마라. 떠난 사랑 뒤에 더 아름다운 사랑 피어난다. 떠나간 사랑은 슬프지만 아름답게 생각하면 더없이 아름다운 것, 꽃이 지면 그 자리에 비바람을 막아주는 초록의 잎이 피어나지 않니. 그러니 슬퍼하지 마라.
나의 장점을 알아주는 사람이 고맙다. 사람들은 누구나 칭찬을 해주기를 바라고, 좋은 말을 해주기를 바란다. 상대의 장점을 보기에 앞서 먼저 좋은 말로 상대를 칭찬해주자. 그러면 그게 나의 장점이 된다.』

아들에게

부모의 반대로 사랑하는 친구와 헤어지고 마음고생하던 아들을 볼 때마다 나도 마음이 괴로웠는데 이제 배우자를 만났으니 앞으로 행복한 일만 있기를 바란다.
서로를 존중하고 사랑으로 보듬어주며 상대에게 상처받는 말은 하지 말고 상대를 무시하는 말은 절대로 하면 안 돼. 상대의 부족함은 네가 채워주고 상대에 좋은 점만 보고, 늦게 만난만큼 더욱더 행복하고 즐거운 나날이 되기를 바란다. 가장으로서 책임을 다하고 존경받는 남편이 되길 바란다.

『엄마가 큰아들에게 보내는 마지막 편지다. 모든 부모님의 마음일 것이다. 아들아 상대를 무시하거나 상처받는 말은 하지 말고, 부족함은 서로 채워주고 상대의 좋은 점만 보고 가장으로서 책임을 다하고 존경받는 남편이 되길 바란다.
큰아들은 늦은 나이에 우즈벡 아가씨와 결혼을 했다. 장모님이 돌아가시기 전 이틀 전에 입국하여 큰며느리 얼굴을 보았다. 큰며느리 얼굴을 보려고 그렇게도 아픔을 참으며 병원에서 두어 달을 고통스럽게 지냈을까?
아들아, 엄마가 너에게 마지막 편지를 쓴다. 상대의 약점을 들추지 말고 상대의 부족함을 채워주는 사람이 되길 바라고, 늦은 결혼을 축하한다. 부디 행복하게 살아라. 안녕.』

친 구

아침밥을 하려고 쌀을 씻을 때 베란다에서

귀뚜라미가 또르르 노래를 불러주고

청소를 하려고 창문을 열면 까치가 깍깍 아침 인사를 하고

외출을 하려고 현관문을 열면 찰칵 잘 다녀오라고 인사를 하고 외출했다 돌아와 현관문을 열면 따르르 반갑게 인사를 한다.

거실로 들어오면 소파가 제일 먼저 나를 불러 쉬게 한다.

소파는 영원한 나의 친구

『친구가 있는 세상은 아름답습니다. 친구가 많은 세상은 행복합니다. 한평생 아픔으로 산 당신. 그나마 친구들이 많아 행복했겠습니다. 옆에 친구가 많을수록 행복하다는 것을 알려주신 당신 고맙습니다. 당신과 나는 영원한 친구였습니다. 친구여 그곳에서 편안히 잠드소서.』

2부

다음 블로그를 열다

- 2012년도에 올려놓은 글 -

나의 인생

저는 강원도 시골 마을에서 남편과 농사를 짓고 살았습니다.
어느 해 가뭄이 들어 농사를 망치고 힘들게 생활하였는데,
경제적으로 어려움이 많아 무작정 인천으로 오게 되었어요.
그 당시 큰딸은 고등학교, 작은딸은 중학교에 다녔는데 우리가 인천으로 오면서 큰딸은 원주에서 자취하며 학교에 다니게 하고 작은딸은 횡성 큰집 형님 댁에서 중학교에 다녔어요.

우리 부부는 아들인 셋째와 막내, 둘만 데리고 인천에서 사글셋방에서 생활하면서 남편은 작은 회사에 임시직으로 일하고 저는 봉재회사에서 일했어요.
어린 두 아들을 두고 직장에서 잔업까지 하고 오는 날은 아이들이 저녁도 못 먹고 아빠, 엄마를 기다리는 힘든 날이 계속되었어요.
어떤 때는 형제가 저녁도 못 먹고 쓰러져서 잘 때는 마음이 아파 많이 울었어요.
남편과 저는 점심과 잔업을 하는 날은 저녁까지 따뜻한 밥을 먹지만, 아이들은 아침에 차려놓은 밥상에서 찬밥을 먹을 게 마음 아파 남몰래 눈물 흘린 적도 많아요.

산동네에 살다 보니 수돗물이 안 나올 때가 많아 공동 수도에서 물을 길어다 식수도 하고 빨래도 했어요.
초저녁에는 물 길어가는 사람이 많아 밤중에 동네 사람들 잘 때 물을 길어다 빨래하느라 잠도 제대로 못 자고 직장에 다녔어요.
아이들 챙겨주지도 못하고 직장에 지각할까 봐 허둥지둥 직장으로 갔어요.
어려운 환경에서도 잘 자라준 아이들이 고맙고 사랑스러워요.
고생 끝에 낙이 온다고 가정 형편이 어려우니까 아이들이 스스로 열심히 공부해 큰딸은 병원에 근무하다 좋은 짝을 만나 결혼해 작은 사업을 하고, 작은딸은 공무원이 되어 지금도 직장에 다녀요.
아들들도 개인 사업을 하며 가장으로 소임을 다하고 있어요.
어렵게 살아서 그런지 자식들이 다 검소하게 살고 형제간 우애가 좋아 주말마다 모여 식사를 하면서 옛날 어려웠던 이야기, 현재 살아가는 이야기를 나누며 잘 지내는 모습을 보면 마음이 흐뭇하고 행복해요.
직장에 다니느라 아이들 잘 챙겨주지 못하고 고생시켜 자식들 보기 미안하고 자식들에게 할 말이 없어요.
앞으로 자식들 건강하고 저마다 소망하는 일 잘되었으면 좋겠어요.

배움의 즐거움

나는 늦은 나이에 평생학습관 문예 교실에서 중학 과정을 배우게 되었다. 처음으로 중학 교과서를 받던 날 기쁨과 동시에 두려움이 앞섰다.
내가 중학 과정을 할 수 있을까?
안 보이는 눈을 비벼가며 교과서 책을 한 장 한 장 넘겨보며 드디어 나도 중학생이 된다는 생각에 설레는 가슴은 두근거렸다.
내가 다닐 수 있는 중학교가 가까운 곳에 있다는 것은 나로서는 행운이었다.

내가 시간 맞춰 갈 수 있는 문예 교실이 있다는 것은 그 얼마나 기쁜 일인가. 학습관 친구들과 나란히 앉아 다정하게 수업을 받으며 서로 위로하고, 내가 모르는 것은 옆 짝꿍이 가르쳐주고, 짝꿍이 모르는 것은 내가 아는 데까지 가르쳐주며 수업을 한다.
때로는 간식도 나누어 먹으며 쉬는 시간에는 교실에 웃음꽃이 피어난다.
우리는 불행한 시대에 태어나 공부를 못했기 때문에 서로를 이해하고 위로하는 마음으로 더 친절하다. 한 귀로 듣고 한 귀로 흘려 내

보내도 우리는 포기하지 않고 열심히 공부해 중학 과정을 완수한다는 각오로 오늘도, 내일도 선생님 가르침에 귀 기울여 열심히 공부해서 중학 과정을 완수하고 고등학교 과정도 배우고 싶다.

마 트

오늘은 날이 흐리고 가끔 비가 내립니다.

오늘 점심은 시원하게 냉면을 해먹으려고 마트에 나갔습니다.

마트 입구에 들어가니 사람들이 줄을 서서 있더군요.

무슨 영문인가 알아보니 부추 세일을 한다고 하더라고요.

저도 싸게 부추를 사려고 줄을 섰습니다.

한 삼십 분 있으니까 부추를 나누어 주더라고요.

드디어 제 차례가 되었는데 갑자기 몇 명이 새치기하는 바람에 나는 뒤로 밀리고, 부추는 새치기하신 분이 받더라고요.

너무 어이가 없었습니다.

뒤에서 우두커니 서 있다가 냉면 두 봉지를 사 가지고 집으로 오면서 삼십 분 동안 줄 서 기다린 게 억울하다는 생각이 들었습니다.

집에 막 도착해 현관문을 여는 동시에 남편이 냉면을 서울 가서 사 가지고 왔느냐고 소리를 지르며 화를 내더라고요.

그래서 늦은 이유를 말하면서 열 받은 이야기까지 했더니, 하필이면 왜 네 앞에서 새치기하겠느냐고 하면서 제가 야무지게 생기지 못하고 미하게 생겨 그 사람들이 내 앞에서 새치기한 거라고, 제 별명을 이미화라고 지어주었습니다. 거기다 한마디 더 “너는 싼 거 좋아하더니 잘 되었구먼." 하고 열 받은 저를 더 열 받게 했습니다. 그래서 저도 한마디 했습니다. "주부들은 조금이라도 생활비를 덜 쓰려고 그러지, 싱싱하고 좋은 거 싫어하는 사람이 어디 있겠어요?" 저렴하게 사봤자 돈 팔백 원인걸. 부추 한 단 싸게 사려다 시간 낭비만 하고, 새치기한 분들 미워하는 마음만 생겼습니다. 오늘 하루는 열 받은 하루였습니다.

새치기하신 분들 부추 많이 드시고 건강하게 여름 보내세요.

등나무

우리 아파트 벤치에는 등나무가 있습니다.

등나무 잎이 만발해 그늘을 만들어 줍니다.

할머님들은 아들, 며느리가 일터로 출근하느라 치우지 못한 집안 청소며 손자, 손녀들 양말과 수건을 세탁하시고 점심까지 드시고는, 오후 1시에서 2시 사이면 어김없이 등나무 아래로 모이십니다. 몸이 불편한 할머니는 유모차에 몸을 의지해 유모차를 밀고 나오시고, 또 어떤 할머니는 한 손에 지팡이 한 손에는 부채를 들고 나오십니다. 그렇게 모이다 보면 벤치가 꽉 찹니다. 그때부터 이야기꽃이 핍니다. 재미있는 이야기면 아파트가 떠나갈 정도로 웃으시며 즐거워하십니다. 이야기하다 흥이 나시면 흘러간 옛 노래도 부르시고 박수도 치며 즐겁게 하루를 보내십니다. 자식들은 직장에, 손자와 손녀들은 학교에 가고 나면 할머님 혼자 집에 계시게 되니 대화할 상대도 없고 얼마나 외로우실까요.

그래도 봄여름가을은 등나무 아래 벤치에 나오셔서 여러 할머님과 이야기도 하며 시간을 보내시지만, 추운 겨울에는 혼자 집에서 긴 시간을 보내시니 얼마나 지루하시고 외로우실까요. 저도 88세 친정어머니가 계십니다. 할머님들을 보면 어머니 생각이 많이 납니다. 바쁘고 시간이 없다는 핑계로 자주 못 가는 불효녀랍니다. 이렇게 나 살기 바쁘다고 다음으로 미루기만 했는데, 이번 휴가 때는 어머니 뵈러 가려고 합니다. 오늘은 비가 많이 와 할머님들이 한 분도 나오시지 않으셨네요. 등나무 벤치가 왠지 쓸쓸해 보입니다. 할머님들께서 아프시지 마시고 지금의 모습 그대로 오래오래 사시기를 빕니다.

초가을

지루하고 무덥던 장마도 서서히 물러가고 아침저녁으로 선선한 바람이 불어 초가을이 왔음을 알려줍니다.
아파트 화단과 공원 잔디를 말끔히 깎은 뒤라 온갖 풀 냄새가 가을바람을 타고 저마다의 향기를 자랑이나 하는 듯 공원 전체에 울려 퍼집니다. 손녀와 시원한 가을바람이 실어다가 주는 풀 내음을 맡으며 공원을 돌다가 벤치에 나란히 앉아 쉬면서 밤하늘에 별을 세어 봅니다. 별 하나 나 하나, 별 둘 나 둘 우리는 이렇게 공원 벤치에서 오랜만에 손녀와 즐거운 시간을 가졌습니다. “우리 손녀 공부하느라 많이 힘들지?” 하고 물으니 “할머니, 내가 힘든 거 어떻게 알아?” 합니다. “할머니는 다 알지 그러나 누구나 때가 있으니 참고 견디며 열심히 하다 보면 좋은 결과가 온단다. 열심히 노력해서 네가 원하는 대학에 가서 꿈을 이루길 할머니는 바란다. 너는 꼭 해낼 거라고 할머니는 믿어. 그렇다고 공부만 열심히 하라고 하는 것은 아니야. 시간 있을 때 적당한 운동도 하고 맛있는 거 있으면 많이 먹고 건강도 챙겨야 해.
너는 살찐다고 조금씩 먹어서 할머니는 걱정된단다. 뭐니 뭐니 해도 건강이 최고야. 건강을 잃으면 모든 것을 잃는단다. 많이 먹고 운동하면 돼." 이렇게 벤치에 앉아 많은 이야기를 하고 있는데 어디선가 풀벌레 소리에 섞여 "도로로" 귀뚜라미 울음소리가 깊어가는 가을밤을 알립니다. 손녀와 깊어가는 가을밤 노래를 흥얼거리며 공원을 또 돌았습니다. 손녀와 많은 이야기를 하고 늦은 시간이라 손녀를 집에 데려다주고 집으로 오면서 나는 이런 생각을 했습니다. 사랑하는 손녀가 있어 외롭지 않고 항상 즐겁고 행복하다는 것을 새삼 느꼈습니다. 앞으로 우리 손녀 건강하고, 소원하는 것들 다 이루고 행복하길 빕니다.

참새

아침에 일찍 일어나 창문을 열고 오늘의 날씨를 가늠하기 위해 하늘을 쳐다보았다.
매우 화창한 날씨였다. 상쾌한 기분으로 밖을 내다보는데 어디선가 참새가 지저귀는 소리가 들렸다. 사방을 살펴보니 집 앞 단풍나무에서 들려왔다. 무슨 말인지는 잘 모르겠으나 서로 주고받는 것을 볼 때 참새 부부가 대화를 하고 있는 것이 분명했다.

내 나름대로 터득해 보았다. 남편 참새가 아내 참새에게 "오늘은 어디서 먹이를 구할까?" 하니 아내 참새는 "어디를 가나 비둘기 아저씨 아주머니 때문에 마음 놓고 먹이를 먹을 수가 있어야지." 하자 남편 참새는 고개를 갸우뚱하더니 어디론가 날아갔다. 잠시 후에 입에다 먹이를 물고 와서 아내 입에 넣어준다. 아내를 생각하는 참새 마음이 존경스러웠다. 사람도 잘 못 하는 가장의 책임을 다하며 아내를 사랑하는 마음이 아름다웠다. 참새 부부에게 감동하여 모이를 주려고 쌀통에서 쌀을 조금 집어다 뿌려주었더니 남편 참새가 먼저 내려와 먹이를 먹어보고, 아무 이상 없으니 당신도 와 먹으라고 부르는 듯 지저귀자 조금 망설이더니 내려왔다. 둘이서 사이좋게 연신

절을 하며 먹더니 몇 알 남겨놓고 남편 참새가 나무 위로 날아가서 아내 참새가 마저 먹고 오기를 기다리는 눈치였다. 자기가 더 먹으려고 욕심부리지 않고 아내에게 더 먹이려고 하는 남편 참새의 마음씨가 기특했다.

앞으로도 오래오래 아내 참새를 사랑하며 살기를 바란다. 참새 부부야! 언제든지 기력이 떨어지면 우리 집 앞에 와서 짹짹 나를 부르렴. 내가 허기진 너희 부부 영양 보충시켜 줄게. 항상 둘이 사랑하며 행복하길….

수술

지루하게도 비가 내립니다.

이제 그만 오면 좋으련만 비는 날이 갈수록 더 많이 내립니다.

여기저기서 비 피해가 크다고 하는데, 하느님이 무심할 정도로 비를 내려주시네요.

이제 비는 그만 오고 둥근 해가 떴으면 좋겠네요.

오늘은 남편이 백내장 수술을 받으러 안과에 가는 날입니다. 아침을 먹고 갈 준비를 하고 있는데 작은사위가 병원에 모시고 간다고 차를 가지고 왔더라고요. 조금 뒤에 아들, 며느리, 딸, 온 가족이 집에서 열 시에 출발했습니다. 안과에서 수술 전 검사를 하고 수술은 열두 시에 한다고 해, 수술 시간을 기다리면서 수술이 잘되기를 마음속으로 가족은 빌었습니다.

열두 시가 되자 수술이 시작돼, 금방 수술이 끝나고 회복실로 옮겼습니다. 수술은 잘 끝났습니다. 의료 기구와 의술이 날로 우수해져 전보다 시간이 오래 걸리지 않아 환자가 별로 괴로워 보이지 않았습니다. 이제 수술을 했으니 앞으로 잘 보이기를 바랍니다. 그래도 자식들이 서둘러 수술을 해주니 얼마나 고맙습니까. 만일 자식들이 멀리 있다면 이 모든 짐을 나 혼자 지고 가려면 얼마나 불안하고 근심이 되었겠습니까.

자식들아, 고맙다. 우리만 신경 쓰지 말고 너희들 건강도 미리미리 체크해보거라. 우리보다 너희들이 건강해야 한다.
애들아, 앞으로 너희들 건강하고 행복하기를 바란다. 이 바람은 모든 부모의 바람이란다.

등산 1

오늘은 사월 삼일 일요일이다.

날씨도 화창하고 따듯해 소래산으로 등산을 갔다.

산이 오르막이 많고 험해 올라가는데 힘들었다.

몇 번이나 쉬었다가 올라갔다. 산 아래를 내려다보니 기분도 좋고 마음이 후련했다. 날씨가 좋아서인지 등산객이 많았다. 산에 올라가니 오이를 파는 아주머니가 있었다. 오이를 몇 개 사서 가족이 나누어 먹었다. 산 위에서 먹은 오이는 참 맛있었다. 땀을 흘리고 먹어서 그런지 그렇게 맛있는 오이는 처음이었다. 과일도 먹고 커피도 마시고 사발면도 먹었다. 잠시 쉬었다가 사진도 몇 장 찍었다. 겨우내 춥다는 이유로 산에 가는 것을 망설이고 집에만 있던 것이 후회되었다. 산에 올라오니 이렇게 기분이 상쾌한 것을. 이제는 자주 산에 가야겠다고 다짐을 하면서 산에서 내려왔다.

산 아래로 내려오니 길옆에서 국화빵을 굽고 있는 아주머니가 보였다. 옛 추억이 생각나 우리 가족은 국화빵을 사 먹었다. 옛날에 먹었던 그 맛은 아니었다. 세월이 흐른 만큼 맛도 변했다. 길거리에서 국화빵을 먹으면서 동심으로 돌아간 느낌이었다. 오늘 하루는 두고두고 좋은 추억이 될 것이다.

홍보관

오늘은 맑은 날씨였습니다.
공원에서 산책하고 집으로 오다가 일행과 함께 홍보관에 갔습니다.
많은 분이 앉아 있는 옆자리에 우리 일행도 앉았습니다.
실장이라는 분이 어찌나 익살스럽게 웃기는 이야기를 잘하는지, 할머니도 아주머니도 모두 박수를 치며 실장 이야기에 집중하고 있었습니다. 한참 우리를 웃겨주고, 제품 설명도 하고, 중간에는 실장이 흘러간 옛 노래를 부르자 흥이 많으신 분들은 박수로 장단을 치며 실장이 부르는 노래를 따라 불렀습니다.
아마도 이 즐거움에 어르신들이 홍보관에 열심히 다니시는 것 같습니다. 저도 처음 갔는데도 지루하지 않았습니다. 그리고는 마지막에는 돈으로 추첨하는데 끝 번호 두 자리가 실장이 부르는 번호하고 같으면 된다고 하니까 어르신들이 돈을 꺼내 들고 '혹시나 당첨될까?' 하는 마음에 시끌벅적하던 실내가 조용해지고 돈 번호에 눈이 집중되었습니다. 참 장사 수단이 보통이 아니었습니다. 어르신들이 주머니에 돈을 가지고 다니시게 하려고 그런 방법으로 추첨한다는 걸 알았습니다. 그 장면을 보고 나는 더 이상 가지 말아야겠다는 생각이 들었습니다. 끝나고 나올 때는 중국산 참깨를 한 봉지씩

나눠 주고 돈 천 원을 받으며 부가세만 받는다고 하더라고요. 저도 한 봉 받아들고 집으로 오면서 이것이 따지고 보면 공짜가 아니고 두 시간 자리를 지켜준 대가라는 것을 알았습니다. 더 이상 가면 안 되겠다고 저 자신과 약속을 했습니다.

봄이 오는 소리 1

햇볕이 따사로운 오후 집 앞 화단 앞을 걷다.
봄이 오는 소리를 들었다. 민들레와 봄 쑥이 속삭였다.
"이제 봄이 오나 봐. 우리 그만 자고 땅 위로 나가자!"
민들레는 "아직은 추워. 네가 먼저 나가!" 하고 쑥에게 먼저 나가라고 한다.
쑥은 "내가 나가서 땅속으로 안 들어오면 봄이 온 거야.
그때는 너도 나와!" 하고 쑥과 민들레가 속삭인다.
머지않아 목련꽃이 피고 아파트 담장에는 노란 개나리꽃이 필 것이다.
나비가 춤을 추듯이 나풀거리고 길가에는 노란 민들레꽃이 오고 가는 사람의 시선을 끄는 봄이 온다. 봄은 만물이 소생하는 좋은 계절이다. 이 봄에는 나도 가슴을 펴고 적당한 운동을 하며 건강을 지켜야겠다.

후회

화창한 가을날 창밖을 내다보니
나무들은 울긋불긋 예쁜 옷을 갈아입고 오가는 사람들 시선을 끄는 가을인데, 내 인생은 머리에 흰 줄이 듬성듬성 생기고 얼굴에는 동서남북 가리지 않고 제멋대로 검고 작은 섬이 생긴 늦가을.
가을은 먹지 않아도 배부르다는데, 나는 먹어도 배부름보다 서글픔이 나의 배를 채웁니다.
서글픈 마음을 잠시나마 잊으려고 산책을 하다 내 그림자를 보니 허리는 굽고 다리는 휘어 뒤뚱거리는 자세를 보고 또다시 놀라 젊은 시절을 떠올리며 서글픔에 잠긴 내 인생에 늦가을 미리미리 건강을 챙기지 못한 저 자신이 원망스럽습니다.
후회한들 이미 때는 늦은 가을, 초라한 마음으로 산책을 뒤로하고 집으로 발길을 돌리는 이 심정을 그 누가 알리요. 초가을은 내년에도 또 오지만 내 청춘은 한 번 가면 영영 돌아오지 않는 늦가을. 오늘도 서글픔에 잠겨 옛 추억을 생각하며 웃고 울며 세월의 흐름을 따를 수밖에 없지요. 가는 세월을 되돌릴 수만 있다면 되돌리고 싶은 간절한 생각에 젖은, 내 인생에 늦가을 나무 아래는 울긋불긋 단풍잎이 쌓이고 내 가슴속에는 서글픔이 차곡차곡 쌓이는 늦가을.

실버농장

오늘은 매우 더운 날입니다.
우리는 구청에서 65세 이상 신청하는 농장을 신청해 실버농장 6평을 분양받아 오늘 가족이 모여 고추 모를 심으러 갔다. 날이 가물어서 땅이 굳어 삽이 잘 안 들어가 땅을 파느라 힘들고 손바닥에는 물집이 생겼다. 구청에서 노인들을 위해 하는 사업이니 좀 더 신경을 써서 땅을 갈아서 분양해주었으면 여러 어르신이 고생을 덜 하실 텐데 하는 생각이 듭니다.
고생 끝에 이랑을 만들어 퇴비를 넣고 고추 모를 심고 물도 주었으니 싱싱한 고추 모로 자라 주렁주렁 고추가 달렸으면 좋겠습니다. 그런 다음 손자손녀들과 고추를 따며 농부가 얼마나 힘들게 농사를 짓는지를 알려주고, 고마운 마음으로 편식하지 말고 고루고루 잘 먹어야 한다고 말해주고 싶습니다. 수확할 때를 생각하니 벌써 푸짐한 마음이 듭니다.

손자 손녀들아, 우리 주말마다 농장에 가 고추가 자라는 모습을 관찰하며 풀도 뽑아주고 벌레도 잡아주며 자연 공부 하자. 손자 손녀들아, 너희들이 건강하게 잘 자라주어 할머니는 아주 기쁘고 행복하단다. 앞으로도 건강하고 착하게 자라주기를 바란다. 사랑한다.

등산 2

오늘은 일찍 산에 가려고 아침부터 서둘러 아홉 시에 집을 나섰다. 그러고 보니 오늘이 토요일이라서 등산객이 많았다.
여지없이 입구에는 채소 파는 아주머니와 떡 파는 아주머니가 서로 자기 물건을 사라고 부르며 "떡 사요!", "싱싱한 채소 사요!" 하나라도 더 팔려고 등산객을 부른다. 내려올 때에 팔아주겠다고 마음속으로 약속하고 산으로 올라갔다. 중턱에 올라가니 역시 엿장수도 신나게 음악을 틀어놓고 가위로 장단을 맞추어 쩔렁이며 등산객 시선을 끌고 있었다.
어떤 등산객은 가위를 빌려 자기도 해보겠다며 가위를 마구 쩔렁이고 또 다른 등산객은 흥에 겨워 춤을 덩실덩실 추며 산을 오른다.
나는 겨우 중턱에 올라왔는데 이마에는 구슬땀이 흘러내리고 숨이 차 중간중간 쉬면서 올라갔다. 올라가는 도중에 옆에서 바삭거리는 소리가 나 주위를 살펴보니 깜찍한 청설모 친구가 나를 바라보고 있는 것을 보았다.
청설모는 잽싸게 이 나무 저 나무로 이동하며 나보고 겨우 거기 올라오면서 그리 땀을 흘리느냐고 비웃는 듯했다. 정상에 올라가니 시원한 바람이 이마에 땀을 닦아주고 마음속까지 시원하게 해주었다.

잠시 머물렀다가 내려오는데 커피 파는 아저씨가 있어 커피를 한잔 사 먹었다. 산에서 마시는 커피는 갈증이 나서인지 더 맛있고 뒷맛이 개운한 느낌이었다.

꽃봉오리

정성 들여 태어난 꽃. 고이고이 가꾸어 좋은 것만 먹여 잘 길러 원하는 곳에 심었는데, 시골 어린 꽃 잘 길러보겠다고 그곳에 갔건만 억수같이 쏟아지는 비에 안타깝게 꺾여버린 소중한 우리 꽃봉오리.

어머니 가슴을 파고드는 꽃봉오리. 밤이나 낮이나 어머니 가슴에서 떠나지 않은 애절한 꽃봉오리. 열심히 배우고 노력해 원하는 곳에 가 마음껏 꽃피우려 했건만, 하나님도 무심하지 어찌 그 어린 꽃봉오리를 그리도 많이 꺾어버렸을까 원망스럽습니다. 안타깝습니다. 어머니 가슴속에서 떠나지 않는 꽃봉오리, 어머니 가슴속에 그만 안기고 편히 잠들어야 어머니도 잠깐이라도 잠을 청하고 고통에서 벗어날 수 있을 텐데…. 억울하지만, 편히 잠드세요. 어머니 건강을 위해 그리하시길 바랍니다. 자연의 재해니 어찌하겠습니까. 좋은 곳에 가서 못다 핀 꽃피우시고 행복하시길 빕니다.

이 사

12월 9일, 오늘은 날씨가 겨울답게 추운 날씨입니다.
창밖을 내다보니 아름답던 단풍잎은 거의 다 여행을 떠나고 한두 잎만 남아 나뭇가지에 매달려 바람이 솔솔 불면 살랑살랑 춤을 추다가, 바람이 세게 불면 마구 흔들어대는 나뭇잎을 보니 마음이 더 추워집니다. 아마도 가을을 보내는 아쉬움이 내 마음을 더 춥게 하나 봅니다. 하필 추운 날 작은딸네가 송도로 이사를 한답니다.
포장 이사를 하니 내가 가서 도와주지 않아도 된다고 해 오후 늦게 송도 이사한 집으로 갔습니다. 날씨가 추워서인지 동춘동보다 더 추웠습니다. 이사한 집은 이삿짐을 정리 중이라 내가 도와줄 수도 없는 데다 몸도 떨리고 다리가 아파 큰딸네로 갔습니다. 큰딸네는 45평이라 넓고, 거실에서 밖을 내다보니 전망이 좋고 사방을 바라보니 마음까지 시원한 느낌이 들었습니다. 딸이 핫팩을 따뜻하게 해주어 거실에 앉아 다리에 찜질을 하고 있는 사이, 딸이 저녁상을 차려 맛있게 저녁을 먹고 작은딸에게 전화로 집도 비워놓고 왔으니 더 늦기 전에 나는 집으로 가니 부자될 꿈 꾸라는 인사를 하고 집으로 왔습니다. 새집으로 이사했으니 앞으로 딸 가정에 행복한 일만 많이 있기를 바랍니다. 가족이 항상 건강하고 각자 자기에 꿈을 이루기를 빕니다. 새해에는 복이 복주머니에 가득하길 빕니다.

코스모스 꽃길

오늘은 동사무소에서 같이 운동하는 분들과 코스모스 꽃길을 구경하러 갔다.
장소는 서구에 있는 쓰레기 처리장 근처였다.
버스를 타고 갔더니 무려 3시간이나 걸렸다.
목적지에 도착하니 예쁜 국화꽃으로 예쁘게 꾸며놓아 공원도, 산책로도 온통 꽃밭이었다. 우리 일행은 꽃에 감탄하며 여기저기 구경하느라 시간 가는 줄도 모르고 아름다운 꽃에 취하고, 향기에 취해 시장함도 잊고 구경을 했다. 얼마간 구경을 하다가 한 친구가 "구경도 좋지만 입도 즐거워야지!" 하며 우리를 데리고 매점으로 갔다. 거기서 우리 일행은 사발면과 빵으로 간단히 점심을 해결하고, 코스모스가 한들거리는 코스모스 길을 걸으며 『코스모스 한들한들 피어있는 길』 노래를 합창으로 부르며 서로 쳐다보고 웃었다.

초등학교 동창 모임 같은 느낌이 들었다. 오늘은 눈도, 마음도 즐거운 하루였다. 우리는 아쉽지만, 다음에 또 오기로 하고 발길을 돌렸다. 올 적에는 지하철을 타고 왔다. 지하철을 타니 한 시간 조금 더 걸렸다. 다음에 갈 때는 지하철로 가면 한 시간이면 도착할 것 같다. 너무 아름다워 꽃이 시들기 전에 또 가보았으면 하는 욕심이 생긴다. 어디서 그리 예쁜 국화를 아름답게 길렀는지, 그렇게 예쁜 꽃을 피우기 위해 얼마나 많은 노력과 정성, 사랑으로 길렀을까 생각하니 함부로 꽃을 꺾지 말아야 한다고 생각했다. 우리 모두 꽃을 사랑하는 예쁜 마음씨를 가졌으면 좋겠다.

생 일

오늘은 4월 11일, 음력 삼월 구일 남편 생일이다.
자식들이 직장에 나가기 때문에 오늘 모여서 밥을 먹을 수가 없어 지난주에 미리 먹었다. 오늘은 우리 식구끼리 아침을 먹고, 나는 일을 나갔다. 같이 일하는 팀과 부지런히 일해 조금 일찍 끝내고 집으로 들어와 시계를 보니 평소보다 이십 분 빨리 들어왔다.

송도에 사는 큰딸이 아버지, 어머니 점심을 사준다고 송도로 오라는 전화가 왔다. 부지런히 준비하고 가려고 하는데, 남편이 안 간다고 해 할 수 없이 여기서 순대국이나 먹으러 가자고 했다. 그것도 싫다고 해 하는 수 없이 냉면을 사러 슈퍼마켓으로 발길을 돌렸다.
나가서 먹으면 서로 편할 것을 왜 나를 그리 힘들게 하는지 모르겠다. 그럴 때마다 남편이 미워진다. 이제는 나도 나이가 들어 밥 챙기는 것이 귀찮을 때가 많다. 서로서로 사정을 봐주면 얼마나 좋을까? 점심은 냉면을 먹었으니 저녁이나 먹으러 가야겠다. 안 간다고 취소하면 두고두고 서운해할 것이 분명하니까 무엇을 먹으러 가야 좋아할지 모르겠다. 자식들이 오면 자식들 가자는 대로 가면 좋으련만 또 고집을 부리지 않을까 걱정이 된다.

이제는 자식들이 하자는 대로 따라주면 서로 좋을 것을 평소에는 외식하는 걸 좋아하면서 오늘은 왜 그리 고집을 부리는지 모르겠다. 어떻게 하든지 나를 괴롭히려고 하는 것 같다.

가 을

가을 들녘 코스모스가 가을바람에 한들한들 춤을 추는 가을
여러 가지 색깔의 국화가 저마다의 향기를 풍기며 우리에 코를 자극하는 가을
파란 은행잎이 노란색으로 예쁘게 갈아입고 오고 가는 사람들 시선을 끄는 가을
단풍나무가 빨간색으로 단장하고 산책 나온 할아버지 할머니를 반기는 가을
논밭에는 참새 무리를 쫓는 허수아비가 양팔을 펴고 밤낮없이 보초를 서는 가을
시골 아낙네가 새참을 머리에 이고, 손에는 막걸리 주전자를 들고 일터로 가는 가을
산 다람쥐가 겨울 양식으로 도토리 수확하느라 분주하게 돌아다니는 가을
노랗게 익어가는 곡식만 바라봐도 마음이 넉넉하고 배부른 가을
사계절 중 봄은 꽃이 피어 아름답고 가을은 풍성해서 인심 나는 가을
아 가을이여, 아름다움을 오래도록 보고 즐기게 느릿느릿 가기를

세 월

세월이 가네. 청춘이 가네.

몸만 남겨놓고 청춘이 가네.

나 없으면 못살건만 같던 자식들도 좋은 짝을 만나 모두 가네.

청춘은 세월이 가져가고 자식들은 제 짝이 데려가고

시끌벅적 살던 집에는 몸만 남은 힘없는 우리 부부뿐이라네.

식사 때는 둥그렇게 모여앉아 쓴맛 단맛 가리지 않고 먹었건만,

비둘기처럼 둘이 앉아 먹는 밥상은 진수성찬도 쓴맛이라네.

서로를 바라보면 볼수록 주름진 얼굴에서 초라함이 느껴지네.

우리를 위로하는 것은 기다림뿐이라네.

주말이면 자식들 오기를 기다리고 손자와 손녀가 오기를 기다리네.

손자와 손녀 얼굴만 보면 쓸쓸하고 외로웠던 마음이 편안하고

팔다리 주물러주며 애교스럽게 조잘조잘 이야기할 때는 외로움도

저 멀리 사라지고 하루가 짧기만 하다네.

물가

오늘은 무척 더운 날이다.
아침 일찍 둘째 딸과 함께 목욕하러 갔다.
주말이라 사람들이 야외로 나갔는지 목욕탕은 그리 복잡하지 않았다.
온탕에 들어가 한 삼십 분가량 몸을 담그고 있으니 피로가 풀리고 온몸이 개운했다.

목욕을 끝내고 집으로 돌아와 점심은 냉면을 먹었다. 잠시 쉬었다가 같은 아파트에 사는 분과 매실을 사려고 농산물 시장에 갔다. 주말이라 장을 보려고 나온 사람들이 어찌나 많은지 골목을 다닐 수가 없었다.

매실도 너무 가격이 비싸 사람들이 눈치를 보며 사기를 망설이고, 이 가게 저 가게 가격을 비교해보며 돌아다니는 통에 시장은 혼잡하였다. 날이 더운 데다 사람이 많으니 더위는 참기 어려울 만큼 더웠다. 이마에서 땀이 뚝뚝 떨어졌다. 더 이상 돌아다닐 기력이 없어 매실을 상인이 달라는 금액 사만이천 원을 다 주고 샀다. 홍고추도 사 가지고 집으로 향했다. 아마 오늘이 가장 더운 것 같다. 오는 도중

갈증이 나고 목이 말라 물을 먹었으면 하던 차에 함께 간 일행이 물을 사다 주어 작은 병 하나를 단숨에 다 마셨다. 물을 마시고 나니 살 것 같았다. 매실은 함께 간 일행이 자기 카트에 실어 집에까지 가져다주었다. 나는 뒤따라만 가는 것도 참기 어려울 만큼 더운데 그 분은 더운 내색 한 번 하지 않고 집에까지 갖다 주었다. 너무 고마웠다. 집에 도착해 설탕을 사려고 바로 슈퍼로 갔다. 설탕값도 많이 비싸 이만 원이 넘게 들었다. 모든 물가가 이리 비싸니 서민이 살아가기에는 너무 힘들고 고달프다.

바라건대, 정부에서 물가를 좀 안정시켜주면 서민들이 살아가는 데 많은 도움이 될 텐데. 그리해주기를 바라며 힘든 하루가 또 지나간다.

꽃동산

오늘은 4월 23일 토요일이다.
산에 가려고 일찍 서둘러 아침을 먹고 대충 청소를 하고 청량산으로 향했다. 산 입구에서 조금 올라가니 여기저기 진달래가 만발하여 온통 꽃동산을 이루었다.

너무도 예쁘고 아름다웠다. 향기로운 꽃향기를 맡으며 중간쯤 올라가는데 요란하게 쩔렁쩔렁 가위 소리가 들렸다.
올라가는 길과 둘레 길로 가는 길 사이에서 엿장수가 엿을 사라고 쩔렁거리는 소리였다. 잠시 가던 길을 멈추고 구경을 하였다. 신기하게도 가위질을 장단을 맞추어 쩔렁거렸다.

나도 모르게 가위질 소리에 발이 멈추었다. 순간 같이 가던 친구가 빨리 오라고 불러 급히 친구를 뒤쫓아 가는데 산비탈에 쓰러진 벚나무에 벚꽃이 활짝 피어 있는 것을 보고 발이 딱 멈추었다. 뿌리가 절반이 뽑힌 나무에서 꽃이 피다니 너무도 신기했다. 한편 가여운 생각이 들었다.
쓰러진 몸으로 꽃을 피우기 위해 얼마나 노력을 했을까 사람도 한

번 실패하고 쓰러지면 쉽게 포기하고 절망하는데, 뿌리 몇 가닥에 몸을 의지하고 누워 예쁜 꽃이 피게 하다니…. 정말 나무는 생명력이 강하다는 것을 오늘 알았다.
오늘 하루는 신기한 것을 많이 보아서 그런지 나름대로 산에 잘 갔다 왔다는 생각이 든다. 시간이 되면 자주 산에 가야겠다.

장보기

오늘은 마트에서 배추 세일을 한다고 해 일찍 서둘러 마트에 갔다. 벌써 부지런한 분들은 배추를 사서 배달시키고 다른 볼일을 보러 가는 분들도 계셨다. 나는 배추를 사놓고 지하로 내려가 쪽파와 무를 사고 저녁 준비 장까지 보았다. 물가가 너무 비싸 몇 가지만 사도 금액이 만만치 않게 액수가 많았다. 이제는 필요한 물건을 사려고 하다가도 몇 번이나 망설이게 된다.

품질이 좋은 거는 금액이 너무 비싸고, 저렴한 것은 먼저 나온 분들이 다 사고 동작 느린 나는 살 게 없다. 몇 가지 저녁 반찬거리를 사가지고 집으로 와 배추와 파를 다듬으면서 우리 식탁에 오르기까지 정성을 다해 길러낸 농부들의 고마움이 새삼 느껴졌다. 배추를 다듬어 소금에 절여놓고 배춧속을 준비했다. 무와 파를 썰고 양파도 믹서기에 갈아놓았다.
배달을 늦게 해주어 김치는 오후 여섯 시에 끝냈다.
일찍 저녁을 먹고 공원에 나가 맑고 좋은 공기도 마시고 운동도 하고 벤치에 앉아 어르신들이 주고받는 이야기가 어찌나 재미있고 웃기는지 배를 잡고 웃었다.

앞으로는 공원에 나가 운동도 하고, 어르신들한테 좋은 이야기도 많이 들을 것이다.

어르신들이 지혜롭게 살아오신 삶에 대한 좋은 이야기를 들으면 내가 살아가는 데 많은 도움이 될 것이다. 깊어가는 가을밤 하늘에서 별이 반짝반짝 빛나고 달님도 방끗 웃는다.

등산 3

오늘 날씨는 매우 화창하고 맑은 날씨다.
우리 가족은 일찍 서둘러 등산을 계양산으로 가기로 했다.
간단히 먹을 음식과 과일을 챙겨서 계양산으로 향했다.
산 입구에 올라가니 둘레길이 넓고, 나무가 길 양쪽에 줄지어 서 있어서 그늘이 들어 등산객마다 시원하다는 말을 연방 하며 길을 걸었다.
조금 더 올라가니 나무가 많은 데다가 산속 공기가 좋아 기분이 상쾌하고 머리가 맑아지는 느낌이었다. 중간쯤 돌고 우리는 챙겨 온 간식과 과일을 먹었다. 잠시 쉬었다가 다시 걸어가는데, 옆 나무에서 뻐꾸기가 뻐꾹뻐꾹 노래를 부르는 소리가 들렸다. 살금살금 다가가 보니 아주 작은 뻐꾸기가 어찌 그리 야무지게 노래를 부르는지 한참을 서서 뻐꾸기 노래를 들었다. 계양산 둘레 길은 시원해서 한여름에 가도 좋을 것 같다. 이산 저산 등산을 가보았으나 계양산이 제일 시원했다. 시간이 된다면 자주 가고 싶은 마음이 든다. 오늘은 시원한 하루였다.

여행

내일은 아들, 며느리, 딸, 사위가 외국 여행을 가라고 하여 가는 날입니다. 몇 번이나 거절하였지만, 자식 이기는 부모 없다고 자식들 뜻을 따르기로 했습니다.
그래서 내일 가게 되었네요.
저희도 아직 못 가본 일본을 가라고 합니다.
남들은 아직 우리나라 제주도도 못 가보았다고 하는 분들도 있더라고요.
그런데 우리는 바다 건너 일본을 가라고 하니 참 자식들한테 아주 후한 효를 받네요. 매번 자식들한테 베풀지는 못하고 받기만 하니 마음이 편치 않네요. 경제적으로 여유가 있어 이놈 저놈 도와주면 좋으련만 그렇게 못 하니 자식 볼 면목이 없어요. 그렇다고 내 몸에 투자하며 사치 있게 산 것도 아닌데 내 앞에 놓인 현실이 야속하기만 합니다.
인생에 한 번은 불어온다는 바람은 언제 불어올는지, 불어오기는 할 건지…. 노력은 안 하고 기다린다고 이루어질까요. 미안한 마음은 뒤로하고 자식들 사랑을 듬뿍 가슴에 담고 즐거운 마음으로 잘 갔다 오렵니다. 그러나 두렵습니다. 남편하고 집에서도 잘 대화를 못

하거든요. 무슨 말을 어떻게 해야 할지 많이 망설일 때가 많거든요. 여행 가서 같은 일행들 있는 데서 버럭버럭 소리 지르면 그분들 보기 민망해서 어떡하나 많이 걱정되네요.
그러나 예쁜 손녀가 동행해준다니 조금은 안심이 됩니다.

사랑하는 내 자식들아, 고맙다. 너희 효를 마음속 깊이 간직하고 가는 여행이니 두고두고 기억에 남겠지. 좋은 구경 많이 하고 맛있는 거 많이 먹고 오련다. 갔다 오는 동안 아이들 건사 잘하고 우리 걱정은 하지 마라.

지는 꽃 1

음식 쓰레기를 버리려고 현관을 나와 보니 바람이 불고 비가 내립니다. 쓰레기 버리는 장소에는 벚나무가 줄지어 서 있습니다.
벚꽃 잎이 눈보라 치듯이 바람을 타고 이리저리 휘날리며 목적지도 정하지 않고 여행을 떠납니다. 아마 바람이 머무는 곳이 목적지가 되겠지요. 바람을 타고 떠나는 꽃잎은 쉽게 목적지에 가겠지만, 낙화한 꽃잎은 오고 가는 사람들 발에 밟혀 상처투성이로 빗물에 의지해 느릿느릿 여행을 떠납니다. 떠나가는 것을 보고 허무하다는 생각에 한동안 멍하니 바라보았습니다.

한때는 탐스럽고 예쁜 꽃으로 피어 우리의 시선을 끌고 마음을 즐겁게 해주던 꽃이 질 때는 마구 쓸려가는 것을 보니 안쓰럽다는 생각이 듭니다. 그러나 조금 있으면 예쁜 철쭉꽃이 피고 장미꽃도 필 겁니다. 좀 더 있으면 아카시아 흰 꽃도 피고요. 꽃이 피면 꽃향기 맡으며 꽃구경 많이 하렵니다. 여러분들도 꽃구경 많이 하시고 즐기세요.

지는 꽃 2

'따르릉' 하고 전화가 왔다.
오랜만에 친구가 점심을 사준다고 신세계 백화점으로 나오라는 전화였다. 하던 일을 대충 정리하고 약속 장소로 갔다. 두 친구는 미리 나와 나를 기다리고 있었다. 서로 반가운 인사를 주고받고 그동안 못한 수다를 떨며 식당으로 갔다.

점심은 전주비빔밥을 먹었다.
먹고 나서 벚꽃이 휘날리는 거리를 걸었다. 그 아름답던 벚꽃이 아쉽게도 눈보라 치듯이 바람을 타고 어디론가 하염없이 날아가는 꽃잎을 손으로 잡아보려고 쫓아갔지만, 심술 궂은 바람은 꽃잎을 모조리 몰고 멀리멀리 여행을 떠나듯 가버렸다. 지는 꽃에 아쉬움은 새로 피는 장미가 우리 마음을 보듬어 줄 진한 향기와 탐스러운 꽃송이가 멀지 않았음을, 우리 눈과 마음을 즐겁게 해줄 장미가 있어서 지는 꽃에 허전함을 위로받을 것이다.
지는 벚꽃은 송별하고 새로 피는 장미는 환영해야겠다. 내년 봄에 탐스러운 꽃송이로 다시 만나자. 지는 벚꽃에게 약속을 한다.

봄이 오는 소리 2

봄이 오는 소리가 산 너머 남촌에서 바람을 타고 들려온다.

봄이 오면 산과 들에는 예쁜 꽃이 피고 꽃의 향기를 찾아 노랑나비, 흰나비가 서로 향기 좋은 꽃을 차지하려고 이리저리 날아다니고, 새들은 지지배배 노래를 부르고, 아지랑이는 아롱아롱 시야를 가리네. 그래도 봄은 만물이 소생하는 계절이라 아름답고 활기찬 사계절 중 가장 좋은 계절이다.

이 아름다움은 자연이 우리에게 주는 좋은 선물이니 우리 모두 자연을 사랑하고 잘 가꾸어 두고두고 눈이 즐거워질 수 있도록 해야 한다고 생각합니다. 자연을 사랑합시다.

청량산

오늘은 날씨도 좋고 어젯밤에 비가 조금 와서 땅이 촉촉해 등산 가기에 좋은 날이다.
산 입구에 들어서니 좋은 공기를 싣고 솔솔 불어오는 바람이 내 가슴속을 시원하게 해주었다. 산 중턱에 올라가니 양지 쪽에는 벌써 진달래가 활짝 피었다. 등산객 눈 사례를 받으며 바람에 몸을 싣고 한들한들 춤을 추며 한껏 멋을 부리고 서있다. 반대편 음달 꽃나무는 화가 난 듯 뾰로통한 꽃봉오리를 쳐들고 하늘을 원망하듯 쳐다보고 있었다.

"음달 꽃나무야, 일찍 핀 꽃나무를 부러워하지 마라. 일찍 피면 일찍 지잖아. 너희들은 늦게 피어서 늦도록 등산객에게 사랑을 많이 받게 될 거야. 그러니 너무 부러워하지 말고 기다리면 머지않아 예쁜 꽃을 피울 거야. 진달래 꽃나무야, 올해 좋은 영양과 수분을 많이 섭취하고 올겨울을 건강하게 지내고 내년 봄에 예쁜 꽃을 피워주렴. 부탁한다 진달래야." 나는 산길을 걸으면서 혼잣말로 진달래꽃과 대화를 하였다.

나와 대화하는 것을 부러워하듯 종달새 한 마리가 소나무 위에서 내려다보고 지지배배 하며 빈정거리는 것 같았다. "종달새야, 빈정거리지 말고 너도 예쁜 새끼를 낳아 등산객에게 보여주면 더 많은 사랑을 받을 거야. 알았지?" 하고 종달새를 달래주는 대화를 하고 산에서 내려왔다. 오늘은 참 즐거웠다.

병 원

나는 언제부터인지는 잘 모르겠으나 눈이 침침하기 시작해 2009년도에 안과에 가서 검사를 받았습니다. 검사 결과는 망막이 손실되었다고 합니다. 제가 검사받은 안과에서는 수술도 못 한다며 서울대학병원으로 가보라고 했습니다. 검사를 받고 급한 대로 3개월 치 눈 영양제를 타다 먹고, 안약을 타다 넣으며 컴퓨터를 배우러 다닙니다. 바른쪽 눈이 잘 안 보여 왼쪽 눈으로만 모니터와 자판을 보자니 불편하고 답답할 때가 많습니다.
연실 눈을 비비고 손수건으로 눈을 닦으며 시간을 보냅니다. 배우고 싶은 것은 많으나 바른쪽 눈이 잘 안 보여 배울 엄두도 못 냅니다. 생활하는 데는 그리 불편하지 않은데, 학습관에서 수업하기에는 답답하고 너무 불편합니다. 삼 개월에 한 번씩 검사를 하고 약을 타오는데 오늘이 안과에 가는 날이라 아침 일찍 서둘러 안과에 갔습니다. 의술이 좋아져서 혹시나 반가운 소식을 들을까 기대했으나 의사 선생님 말씀은 매번 같은 말을 합니다.

이제는 더 망가지지 않게 삼 개월마다 와서 검사하고 약을 계속 먹고 안약도 계속 넣어주라는 겁니다. 한쪽 눈이 보여도 불편한데 시

각장애인들은 얼마나 불편할까요. 내가 겪어봐야 남의 불편함을 알 수 있나 봅니다. 이제는 불편하지만, 한쪽 눈이라도 볼 수 있으니 감사하며 살겠습니다.

2011년 9월 2일

여성회관

오늘은 여성회관 쪽에서 일하는 날이다.

건영공원에서 조금 쉬었다가 두 팀으로 갈라서 일하는 장소로 갔다.

가는 도중 동춘아파트 단지에 목련꽃이 예쁘게 피어, 오고 가는 시민들의 눈길을 끌었다. 봄바람에 꽃잎이 한들한들 춤을 추듯 한들거리는 것이 마치 흰나비가 날갯짓을 하는 것 같았다. 바람을 안고 올라가는 길이라서 온통 봄 내음과 꽃향기가 콧속으로 솔솔 들어왔다. 좋은 공기에다 꽃향기까지 마시니 기분이 상쾌했다. 여성회관과 어린이집까지 소독하고 벤치에 나란히 앉아 쉬면서 일행과 사탕을 나누어 먹으니 동심으로 돌아간 느낌이었다.

한 아주머니가 짝사랑 (자식에 대한 이미지)라는 글을 쓴 것을 가지고 와 돌아가며 읽었다. 모두 "그래그래, 맞는 말이야!" 하며 동감하였다. 내용이 지금 세대에게 꼭 맞는 내용이었다. 누가 그리도 잘 지어내는지 참 영리한 사람이 틀림없다는 생각이 든다. 웃고 이야기하다 보니 어느덧 열한 시가 되어 각자 집으로 발길을 돌리며 다음 날 또 만나기로 약속하고 헤어졌다.

운 동

오늘은 동춘3동 동사무소에서 운영하는 실버체조를 하러 가는 날이다. 일주일에 화요일과 목요일, 두 번을 한다. 아침을 먹고 부지런히 청소하고 친구와 같이 동춘3동 동사무실로 갔다.

벌써 부지런한 친구들은 우리보다 먼저 와서 우리를 반겨주었다.

서로 인사를 주고받으며 즐거운 맘으로 커피 한 잔씩 마시고 운동을 하였다.

먼저 배운 『아침에 나라』라는 음악에 맞추어 율동을 한다.

오래 반복해서 그런지 힘들지 않고 재미있다.

요새 새로 배우는 운동은 음악도, 율동도 빨라 따라 하기에 너무 힘들다.

모두들 지친 몸이지만 배우려는 욕심에 쉬는 시간에도 열심히 연습하는 친구도 있고 도저히 못 하겠다고 주저앉아 다리를 주무르는 친구도 있다. 모두 나이 탓이겠지 하면서도 욕심을 버리지 못하고 무리하게 연습하는 친구도 있다.

옛날 같으면 집에서 살림하랴, 아이들 뒷바라지하랴 운동은 할 꿈도 못 꾸었을 텐데 세상 참 좋아졌다. 내가 운동을 하러 다니다니, 상상도 못 했던 일이다. 좋은 기회가 왔으니 열심히 운동하겠다고 다짐을 하면서 오늘은 체조하고, 내일은 산으로 등산을 가고 마음껏 좋은 공기와 꽃향기에 취해보련다.

꽃향기

오늘은 날씨가 흐리고 무더운 날이다.
구청 공공 근로인 '이엠 맑은 물' 일을 10시 30분에 끝내고 집으로 돌아와 조장이 준 상추쌈으로 점심을 맛있게 먹었다.
오후에는 청량산에 갔다. 청량산으로 가려면 동춘 마을을 지나 대우3차아파트 앞으로 올라가야 청량산 입구로 들어선다.

동춘 마을 담장과 대우3차아파트 담장에는 장미가 만발하여 그 앞을 지날 때면 장미꽃 향기가 코를 자극하고 시선을 끈다. 오고 가는 등산객들은 장미꽃에 코를 대고 향기를 맡고, 꽃에 뽀뽀도 하며 마냥 즐거워한다. 그 모습을 보면서 꽃은 누구나 다 좋아한다는 것을 느꼈다. 지금은 장미의 계절이다. 꽃이 지기 전에 꽃향기 많이 맡고 즐기며 등산을 자주 가겠노라고 나 자신과 약속을 한다. 올해는 그 향기 진한 아카시아 꽃이 만발한 것을 보지 못한 것이 너무 아쉽다. 어쩌다 그 시기를 놓쳐버렸다. 그 진한 꽃향기며 하얗게 만발한 꽃을 상상만 해도 눈이 즐거워진다. 올해는 못 보았지만, 내년에는 꼭 아카시아 꽃 필 무렵이 되면 산에 자주 가야겠다고 다짐을 해본다.

한마음

오늘은 날씨가 화창하고 시원한 바람이 불어 초가을에 알맞은 날씨입니다. 공공근로인 EM 소독을 한 지 어느덧 칠 개월이 되어 오늘이 마지막 날입니다.

우리 팀원들은 칠 개월 동안 즐거운 마음으로 일했습니다. 서로서로 이해하며 맛있는 것도 서로 나누어 먹고, 가끔 외식도 하고 야외에 놀러도 갔습니다. 초기에는 자기주장을 고집하는 분이 있어 스트레스도 많이 받았습니다. 그러나 한 달, 두 달 지나다 보니 그분도 차츰 자기주장을 자제하고 우리 의견을 따르고, 마음도 많이 부드러워졌어요. 그리고 우리가 자기를 배려해주어 고맙다고 하면서 팀원들에게 만두도 사서 하나씩 나누어주더군요. 이렇게 스트레스도 받고, 즐겁게 웃고 즐기며 일했는데, 오늘 끝난다니 아쉬운 마음이 듭니다.
마지막 일을 끝내고, 우리는 중국집에서 자장면을 맛있게 먹고 다시 또 만나기로 약속하고 각자 집으로 발길을 돌렸습니다. 같이 일하신 분들께서 건강하게 겨울을 보내시고, 기회가 된다면 내년 봄에 또 만나 즐겁게 일하고 싶습니다. 아무쪼록 건강하시고 가정에 행복한 일 많이 생기시길 빕니다.

청주

오늘은 원주에 사는 여동생과 청주에 계신 어머니한테 가기로 했다. 인천에서 오후 한 시 차였다. 주말이라서 그런지 많이 차가 막혔다. 평일 같으면 두 시간이면 청주에 도착하는데 오늘은 세 시간 사십 분이나 걸렸다.

터미널에서 어머니 집까지는 택시를 탔다. 역시 많이 막혀 요금이 많이 올라가는 것을 보고 마음이 불안했다. 아니나 다르랴 오천 원이면 가는데 오늘은 칠천 원이 나왔다. 마음이 좀 쓰렸다. 도착해서 조금 있으니까 동생도 왔다. 나는 미역 한 봉만 달랑 들고 갔는데, 동생은 소고기에 도토리 가루 떡까지 한 보따리 싸 가지고 왔다. 남동생 보기 미안했다. 동생은 나도 주려고 참기름, 땅콩, 도토리 가루를 챙겨왔는데, 언니인 나는 동생 줄 것이 아무것도 없었다. 늘 동생한테 받기만 한다. 주는 것을 받아들고 오면서 나는 생각했다. 그래도 나를 챙겨주는 건 내 형제밖에 없다는 것을 알았다. 우리 형제는 집안 행사 때만 만난다. 앞으로는 자주 만나 그동안 못한 이야기를 나누며 어머니 살아계실 때 한 번이라도 더 가야겠다고 다짐을 했다.

어머니 우리 걱정은 하시지 말고 몸조심하시고 편안히 계세요. 다음에 또 가겠습니다.

엄 마

3월 26일, 이종사촌 결혼식을 춘천에서 한다고 해서 춘천에 갔다. 처음 춘천에 가는 거라 예식 시간에 늦지 않으려고 일찍 서두른 덕분에 시간적 여유가 있어 오랜만에 만난 친척과 인사를 주고받으며 즐거운 마음으로 축복해주었다. 예식이 끝나자 맛있는 식사를 하고 원주로 향했다. 원주요양의료원에 작은아버지가 입원해 계신다고 해서 의료원에 들렀다. 작은아버지는 우리를 알아보시는지 못 알아보시는지 말씀을 못 하시고 입만 벌릴 뿐, 아무 말씀도 못 하셨다. 너무도 안타깝고 불쌍해 마음이 많이 아프다. 그렇게 되도록 연락을 안 한 사촌 동생이 미웠다. 말씀이라도 하시고 나를 알아보실 때 갔으면 얼마나 좋았을까. 이제는 "작은아버지, 저 왔어요!" 하고 소리쳐도 대답이 없다.

아픈 마음으로 의료원을 나와 청주 어머니가 계신 곳으로 발길을 돌렸다. 청주에 가보니 역시 어머니도 몸이 많이 불편하셔서 거동하시는 것이 힘드셨다. 어머니는 매일 혼자서 방안에 계신다. 종일 말벗도 없어 창밖만 내다보시며 긴 하루를 보내신다. 혼자 계신 탓에 내가 가면 이야기를 많이 하시고, 내가 들어주기를 바라신다. 그러시는 어머니를 모시고 못 오는 내 마음은 많이 미안하고 아프다.

저희 집에 오셔서 한 달 만이라도 계시다 가시게 하면 좋으련만 그렇게 할 수 없는 제 처지가 야속합니다. 어머니는 이 못난 딸이 가면 올 적마다 당신 용돈을 모아두었다가 제 주머니에 넣어주십니다. 이것이 어머니의 마음인가 봅니다. 어머니가 돌아가시면 이 모든 것이 후회로 남는 것을 알면서도 실천 못 하는 제가 안타깝습니다. 어머니, 죄송합니다. 다음 주에 또 가겠습니다. 안녕히 계세요.

생 일

내 생일은 음력으로 12월 30일이다.
구정을 준비하느라 많이 바쁜 날이 바로 내 생일이다.
그래서 자식들을 너무 힘들게 한다. 올 생일은 작은딸이 저희 집에서 준비한다고 해서 우리 가족은 송도 작은딸 집으로 모였다. 딸은 직장에 다닌다. 직장에 다니니 시간도 없는데도 많은 음식을 차려 온 가족이 맛있게 아침 식사를 하고 케이크에 초를 꼽고 불을 붙이자 손자와 손녀들이 생일 축가 노래를 불렀다.
그리고 연이어 선물을 주어 푸짐한 선물을 받았습니다.
게다가 손자와 손녀들의 사랑이 듬뿍 담긴 편지를 주며 할머니 사랑합니다. 건강하세요. 하고 저마다 인사를 해 나는 너무 고맙고 대견했습니다. 생일상을 받으며 미안한 생각이 들었습니다. 부모로서 자식들을 챙겨주지도 못하면서 받기만 하는 것이 많이 미안했습니다.
제 마음은 생일은 안 챙겨주어도 조금도 서운하지 않습니다.

그저 저희들 몸 건강하고 손자, 손녀들이 건강하게 자라주면 그것이 행복이라고 생각합니다. 앞으로도 건강하고 각자 하고자 하는 꿈 이루길 빕니다. 생일날 하루는 즐겁고 행복한 날을 보냈습니다.

그리고 구정 명절은 막내아들 집에서 차렸습니다. 며느리가 맛있는 음식을 차려 맛있게 먹었습니다. 딸과 며느리는 힘들은 반면 나는 편히 명절을 보냈습니다. 며느리가 떡국도 맛있게 끓이고 반찬도 맛있게 만들어 많이 먹었습니다. 새해 첫날부터 배가 든든했습니다. 아들과 며느리가 가게 개업하느라 많이 힘들었는데도 마다치 않고 명절준비를 해 많이 고맙고 대견스러웠습니다.

앞으로 아들이 하는 가게 잘되고 항상 건강하길 빕니다.

춘천 소양강

아침 6시 40분에 집에서 출발하여 몇 번씩 차를 갈아타고 춘천에 도착했다. 춘천에 별미라는 막국수와 닭갈비로 점심 식사를 하고 일행과 함께 소양강으로 갔다. 노래 가사에 나오는 소양강 처녀 동상도 보고 소양강 주변을 구경했다.

거기서 배를 타고 건너가 산길로 한참을 올라가니 공기도 좋고, 계곡물이 흐르고 폭포수에서 시원스럽게 흘러내리는 광경을 보니 마음속까지 시원했다. 우리는 계곡물에 발을 담그고 준비해가지고 간 간식과 과일을 먹었다. 먹고 나니 배도 부르고 몸도 마음도 시원해 시간 가는 줄도 모르고 이야기 꽃피우며 웃고 즐기다 보니 아쉽게도 집으로 올 시간이 되어 각자 짐을 챙겨 배낭을 메고 남은 옥수수를 먹으며 내려왔다.
우리는 다시 배를 타고 소양강을 건너왔다. 거기서 버스를 타고 춘천역으로 와 몇 번씩 차를 갈아타고 집으로 향했다. 집에 도착하니 9시 30분이었다. 오늘은 더위도 잊은 채 즐거운 하루를 보냈다. 두고두고 좋은 추억이 될 것이다.

2011.7.23.

우리 집 기둥

우리 집 기둥 큰아들아, 많이 힘들지?
그러나 희망을 잃지 말고 열심히 살아보자 살다 보면 좋은 날이 오겠지.
우리 뒤돌아보지 말고 앞만 보고 노력하면 언젠가는 행복해지겠지.
과거를 생각하면 너나 나나 마음만 괴롭고 얻어지는 것은 아무것도 없단다.

그러니 너무 원망 말고 아버지의 좋은 모습만 담거라. 좋지 않은 것은 흉내도 내지 말아라. 그리고 몸에 해로운 담배는 끊었으면 한다. 뭐니 뭐니 해도 밥이 보약이라고 하잖니? 반찬이 입에 안 맞아도 끼니는 제때 먹도록 해라. 너의 창백한 얼굴을 보면 엄마는 마음이 괴롭고 측은해 마음이 아프단다. 축 처진 너의 어깨를 볼 때마다 엄마는 많이 미안하단다. 내가 능력이 없으니 도와줄 수도 없고 안타까울 뿐 어떻게 할 수가 없구나. 지금은 힘들겠지만 언젠가는 네 몫을 해낼 거라 믿는다.
용기 잃지 말고 희망을 품고 노력하면 반드시 이루어질 거야.
우리만 못한 사람도 잘살고 있잖니? 우리 쳐다보지 말고 내려다보며 살자.

그렇게 우리 마음을 스스로 위로하며 살다 보면 원망도, 미움도 사라지겠지. 오늘도 내일도 힘내거라….

아버지

불러보고 싶은 아버지, 저 큰딸 선수입니다.
오늘은 봄비가 보슬보슬 내리는 것을 내다보다 문득 아버지가 그리워 몇 자 적어봅니다. 아버지는 우리 형제를 무척이나 예뻐해주셨지요. 들에 일하러 가실 때는 저를 지게에다 지고 가시던 생각, 꼴 베러 가시면 딸기며 머루를 칡잎에 고이고이 싸다 주시던 생각, 오일장이 서는 날이면 손가락으로 발을 재어 실끈에 표시해가지고 가셔서 검정 고무신을 사다 주시고 밀가루로 만든 새 과자를 사다 문 위에 매달아 놓고 내가 울면 새가 날아간다고 겁을 주시며 달래주시던 생각이 지금도 납니다. 아버지는 시대를 잘못 만나 일찍 가셨지만, 아버지 몫까지 어머니가 하시느라고 어머니가 고생을 많이 하셨습니다.
어머니는 효부상을 두 번이나 받으신 훌륭한 분이십니다. 그러니 아버지께서 많이 도와주세요. 어머니께서 사시는 동안 아프지 말고 계시다가 조용히 눈을 감고 편안한 모습으로 가시게 해주세요,
아버지 없는 설움이 이렇게 큰 줄 몰랐습니다. 저는 어려서 자랄 때 노여움을 많이 타고, 항상 기가 죽고 눈물이 잘나고, 남들이 아버지 자랑을 할 때는 마음속으로 많이 울었습니다.

이 슬픔은 결혼을 해서까지 이어졌어요. 그러나 참고 견디다 보니 어느덧 일흔이 다되었네요. 지금은 사랑하는 아들딸이 넷이랍니다. 예쁜 손자, 손녀도 여섯이나 되고요. 아버지가 살아계셨다면 얼마나 기뻐하셨을까 생각하니 아버지가 겪은 시대가 야속합니다.

참 며느리 자랑을 안 했네요.
둘째 며느리가 아주 착하고 예쁘답니다. 많이 사랑해주시고 잘 되게 도와주세요.
큰아들이 아직 장가를 못 갔어요. 아버지께서 도와주세요. 아버지 부탁만 드려서 죄송합니다. 그리고 큰사위는 사업가고요, 작은사위는 나라를 지키는 경찰입니다. 작은딸은 공무원, 막내아들은 개인 사업을 하며 잘살고 있습니다. 우리 자식들 앞으로도 건강하고, 하는 일 잘되게 아버지께서 도와주세요. 아버지 편안히 계세요. 자주 소식 전해 드리겠습니다.

어머니

어머니 안녕하세요.

어머니 새해에는 건강하시고 행복하세요.

사시는 동안 몸이 좀 좋아지셔서 덜 고통스럽게 계시다가 가셨으면 얼마나 좋겠습니까.

맏딸이면서도 어머니를 모시지 못해 항상 죄스럽습니다. 저의 처지를 어머니는 잘 아시리라 믿습니다. 못난 딸자식을 위해 기나긴 세월을 홀로 외롭게 사시는 불쌍한 우리 어머니, 정말 존경스럽습니다. 큰딸이면서 어머니 마음 편하게 못 해드리고 마음고생만 시켜드리는 이 못난 딸을 용서하세요. 어머니 외로움을 알면서도 자주 찾아가서 어머니 외로운 마음을 위로해드리지 못해 많이 미안합니다.

어머니한테 갔다 올 적마다 마음이 너무 아픕니다. 그래서인지 자주 못 갑니다. 이 세상에서 우리 어머니보다 더 훌륭한 사람은 없을 겁니다. 우리 형제 때문에 평생을 홀로 사시는 어머니, 그 고마움을 보상해드리지 못하는 제 마음은 항상 죄송스럽습니다. 종일 말벗도 없고 홀로 창밖을 내다보시며 하루하루를 보내시는 어머니를 생각하면 가슴이 너무 답답합니다. 제 욕심은 그 외로운 날을 견디면서도 오래만 살아 주셨으면 합니다. 오늘은 이만 쓰겠습니다. 안녕히 계세요.

석가탄신일

오늘은 석가탄신일이다. 밖에는 비가 보슬보슬 내렸다.
비가 멈추면 절에 가려고 비 멈추기를 기다렸다.
열두 시 이십 분쯤 되니까 비가 멈추었다. 우리 가족은 흥륜사로 갔다. 흥륜사에서 나누어 주는 꽃을 가슴에 달고 소원을 빌었다. 많은 사람이 소원을 비는 등을 달아 온통 등 천장이었다.
절 이곳저곳을 구경하고 절에서 주는 점심을 맛있게 먹고 청량산으로 올라갔다. 산에 올라가니 꽃동산이던 산이 꽃은 다지고 푸른 동산으로 변했다. 비가 와서 나뭇잎은 너무 싱싱하고 공기도 좋았다.
정상에 올라가 정자각에서 아래를 내려다보니 송도 신도시가 눈에 확 띄었다. 높이 올라간 아파트며 빌딩이 웅장하게 서있는 것을 보고 한국에 건설 기술이 훌륭하고 대단하다는 생각을 했다. 앞으로도 더 좋은 아파트를 많이 지어 집 없는 사람들이 집 마련할 수 있게 되기를 바란다.
마음속으로 그렇게 되리라 믿으며 산에서 내려와 흥륜사에 밑에서 파는 막걸리와 파전을 먹고 집으로 와 저녁 준비를 하려고 하는데 애들 할아버지가 저녁을 나가서 먹자고 해 우리는 다시 식당으로 가 순대전골과 탕으로 저녁 식사를 했다. 오늘은 주방에 안 들어가고 편히 하루 식사를 했다.

자유공원

오늘은 5월 8일 어버이날이다.
온 가족이 외식을 하고 자유공원에 갔다.

공원에는 분홍색 겹벚꽃이 여기저기 곱게 피어, 구경나온 가족과 연인들이 사진 찍느라 분주했다. 우리도 가족사진을 몇 장 찍었다. 손녀 보호를 받으며 공원 이곳저곳을 구경했다. 꽃이 아름답고 예뻐 시선이 꽃으로만 갔다. 공원에 예쁘게 심어놓은 꽃은 어데서 구해다 심는지 정말 예쁜 꽃이 많았다. 거기에다 장미꽃까지 피면 꽃동산에 꽃밭이 될 것이다.

너무도 아름다워 시간 가는 줄도 모르고 공원을 돌며 여러 가지 꽃구경을 했다. 구경나온 외국인도 꽃이 아름다워 한없이 꽃을 들여다보며 사진을 찍었다. 구경하고 내려오다가 벤치에 앉아 준비해가지고 간 과일과 음료수를 마셨다.
오늘은 날씨가 더워서 그런지 과일도 많이 먹고 음료수도 많이 먹었다. 즐거운 하루였다.

장 마

지루하게도 비가 내려서 인지 온몸이 지끈지끈 아프고, 무릎은 걸음 걸을 적마다 당기고 아파 고통스러운 날을 보냅니다. 비가 주룩주룩 시원스럽게 내리는 것을 바라보다가 문득 이런 생각을 해봅니다. 비가 와 온 거리를 깨끗이 쓸어주니 마음도 깨끗한 기분은 드나 온몸이 아파 주저앉아 소낙비야 거리만 깨끗이 청소할 게 아니라 내 몸에 아픔도 모조리 쓸어가 달라고 혼잣말로 중얼거렸습니다.

밤이 되면 통증은 더 심해져 깊은 잠을 못 이루고 뒤척이다 겨우 잠이 듭니다. 이제 그만 비가 왔으면 좋겠네요. 해가 나야 밀린 세탁도 하고, 공원도 돌며 좋은 공기를 마셔야 개운할 텐데, 정말 지루하게도 비가 오네요. 다른 지방에서는 비 피해가 많다는데 더 오면 큰 피해가 날까 걱정이 되네요. 더 이상 피해 없기를 바라는 마음으로 기도합니다.

봄

오늘은 날씨가 화창하고 맑아 등산 가기에 좋은 날입니다.
먼 곳까지 가지 않아도 주위를 찾아보면 갈 만한 산이 많아요.
청량산에 가다 보면 대우3차아파트 담장에 노란 개나리꽃이 만발하여 바람에 나풀거리는 것이 마치 노랑나비가 너울너울 춤을 추는 것 같아요. 청량산에 올라가면 이산 저산에 진달래가 만발하여 등산객 시선을 끌고 나무 위에서는 종달새가 지지배배 노래를 부른답니다.
산 너머 남촌에서 꽃향기 가득 싣고 솔솔 불어오는 봄바람이 콧속으로 들어오니 마음도 상쾌하고 머리도 개운해집니다. 시간 있으신 분들은 한번 청량산에 갔다 오시면 자꾸 가고 싶어지실 겁니다. 이 모든 것이 자연이 우리에게 주는 선물이니 우리 모두 자연을 사랑하는 마음으로 훼손하지 말아야 한다고 생각합니다. 자연을 사랑합시다.

봄비

아침부터 봄비가 보슬보슬 내립니다.
나뭇가지에 새잎은 비를 맞고 수분을 빨아들여서인지 더욱 파랗게 보입니다.
그러나 비가 많이 오면 예쁜 벚꽃과 개나리꽃이 빨리 질까 걱정이 되네요.
지금은 어느 거리를 가나 벚꽃이 만발해 오고 가는 시민들 마음을 즐겁고 상쾌하게 해줍니다. 이 향긋한 꽃향기를 오래도록 맡고 즐기면 좋으련만, 빨리 지면 너무 아쉬워할 거 같아요.
꽃, 나무들아! 좋은 영양 많이 섭취하고 오래도록 우리들의 눈과 마음을 즐겁게 해주면 많은 사람이 예쁜 벚꽃을 사랑스러운 눈으로 바라보며 즐거워할 거야. 올해 영양보충 많이 하고 내년에는 더 탐스러운 꽃으로 피어나 꽃을 좋아하는 모든 분을 즐겁게 해 주었으면 하는 바람입니다.

우정

오늘은 동사무소에서 운영하는 실버체조가 조금 늦게 끝나 점심 먹을 시간이 없어 바로 학습관으로 갔습니다. 벌써 부지런하신 분들은 오셔서 컴퓨터 연습을 열심히 하고 계시더군요. 연습하시는 모습이 존경스러웠습니다. 저도 컴퓨터 연습을 하려고 자리에 앉으려 하는데 뒷자리에 앉으신 부대표님이 엷은 미소를 지으시며 감자떡을 가지고 오셔서 점심 안 먹었으면 먹으라고 건네주셔서 출출하던 차에 맛있게 먹었습니다. 먹고 나니 기운이 나고 생기가 돌아 컴퓨터 배우는 데 집중이 잘 되었습니다. 정 많으신 부대표님 덕분에 화요일, 목요일은 배가 부릅니다. 앞으로 더 건강하시고 행복한 날만 계속되시길 바랍니다. 컴퓨터 열심히 하시는 모습이 보기 좋아 보입니다. 열심히 하세요.

고마움

오늘은 한글문서 작성과 표 만들기를 했다.
잘하시는 분들은 잘하시는데, 저를 비롯해 몇몇 분들은 순서와 부호 넣는 것이며, 괄호하고 한자 바꾸는 순서를 잘 몰라 여기저기서 선생님 도움을 요청합니다. 한번 배웠는데도 순서가 생각이 안 날 때가 많아요. 그럴 때마다 선생님께 질문하면 항상 미소 지으시며 자상하게 가르쳐주시는 선생님, 정말 고맙습니다. 저뿐 아니라 컴퓨터를 배우시는 여러분들도 연실 선생님을 불러대니 짜증도 나실 텐데 그런 내색 한번 하지 않으시고 열심히 가르쳐 주시는 모습을 보면서 선생님은 아무나 할 수 있는 것은 아니다는 생각이 듭니다.
어느 한 분도 차별하지 않고 하나하나 설명을 반복해주시는 것을 보면 때로는 얼마나 목이 아프실까 하는 생각을 하면 안쓰러운 마음이 듭니다. 너무너무 고맙습니다. 기회가 된다면 다음 학기에도 선생님께 수업을 받으면 얼마나 좋을까요? 그렇게 되기를 기대합니다.

앞으로도 선생님 건강하시고 행복하시기를 빕니다. 정말 고맙습니다. 짜증스럽고 지치실 텐데도 인내하며 부모님께 하듯이 미소와 사랑으로 가르쳐주시는 선생님, 저를 아시는 분들께 자랑하여 많은 분이 평생학습관에서 000 선생님께 컴퓨터를 배울 수 있게 하렵니다. 마음씨 곱고 예쁘신 선생님 사랑합니다.

안 부

수업을 같이하신 여러분 안녕하세요.
지금은 어떻게 시간을 보내세요?
비가 많이 와 외출도 못 하시고 답답하시지요?
저도 비가 많이 와 등산도 못 가고 종일 집에서 시간을 보내고 있습니다.
그래도 여러분과 수업을 할 때가 제일 즐거웠습니다.
며칠째 계속 내리던 비는 오늘은 멈추고 해가 나왔다가 들어갔다가 하네요.
이제 그만 비가 왔으면 해요.
뉴스를 보니까 다른 지방에서는 비 피해가 많다고 하더라고요.
비가 더 이상 오지 말아야 큰 피해를 막을 텐데 걱정이 되네요.
장마철이라 산책도 못 하시니 집에서라도 운동하셔서 다음에 만날 때는 더 건강한 모습으로 만나시길 바랍니다.
항상 건강하시고 행복하세요.
여러분 가정에 즐거운 일만 많이 있으시길….

아쉬움

어느덧 진달래, 개나리꽃 만발하던 봄은 지나고, 향기롭고 아름다운 장미의 계절이 되었네요. 벚꽃 길은 푸른 잎이 만발해 오가는 사람들, 더위에 지친 몸을 시원하게 해주는 그늘의 거리가 되었고, 정자나무 아래는 옹기종기 모여 앉아 정다운 이야기 꽃피우는 휴식의 쉼터가 되었습니다.

그리고 보니 6월도 중순이 넘었네요. 학습관에 간 것이 엊그제 같은데 벌써 6월 23일이면 끝납니다. 그동안 즐거운 마음으로 운동도 하고 컴퓨터도 배우며 같이 배우는 분들과 즐거운 시간을 보냈는데, 막상 끝난다니 아쉬운 마음이 듭니다. 같이 배우신 여러분들께서 무더운 여름을 잘 보내시고 건강한 모습으로 가을 학기에도 접수하셔서 다시 만나 컴퓨터를 배우게 되시기를 바랍니다.

훌륭하신 선생님을 만나 수업 시간이 지루하지 않고, 시간이 너무 빨리 가 아쉬울 때가 많았습니다. 선생님, 무더운 여름 잘 보내시고 건강한 모습으로 다음 학기에도 우리를 가르쳐주시기를 기대합니다. 자상하신 선생님과 좋은 대표님, 부대표님을 만나 분위기도 좋았고,

또 서로서로 아는 것은 가르쳐 주며 즐거운 시간을 보냈습니다. 같이 배우신 여러분 건강하게 여름을 보내시고 다음 학기에 꼭 만나게 되시기를 바랍니다.

여러분 건강하시고 행복하세요.

친 구

오늘은 친구가 더욱 그리워
옛 추억을 더듬어 하나하나 얼굴을 그려봅니다. 그동안 앞만 보고 살다 보니 친구 모임 한 번 못 가 친구를 만날 기회가 없었습니다.

시골 여자가 인천에 올라와 보니 너무도 모르는 것이 많았고, 생활에 쫓기다 보니 친구 만날 여유가 없어 모임에 참석하지 못하고 여기까지 왔노라. 이제는 조금 여유가 있어 내 시간이 생기니 너희들 생각이 많이 난다. 친구들아 어데서 사는지, 몸은 건강한지, 모두들 잘 살거라 믿으면서 보고 싶은 마음은 한결 같구나. 우리 한번 만나 개나리, 진달래 활짝 핀 야외 나무그늘 아래 돗자리 깔고 모여 앉아 옛이야기 하면서 동심으로 돌아가 보자. 진달래 수염 떼어 꽃싸움도 하고, 진달래와 개나리꽃 한 아름 안고 다정하게 모여 앉아 사진도 찍자. 두고두고 너희들 그리울 때 들여다보면서 사진 속 친구들과 대화도 하는 상상만 해도 마음이 즐겁다. 옛 친구들아, 그립다. 만나는 그 날까지 모두들 건강하고 행복하기를 빌며

2011년.4.16. 인천에서
혹시 친구가 인천에 산다면 '학습관으로 컴퓨터를 배우러 오지 않을까?'
하는 기대를 하면서 이 글을 올립니다.

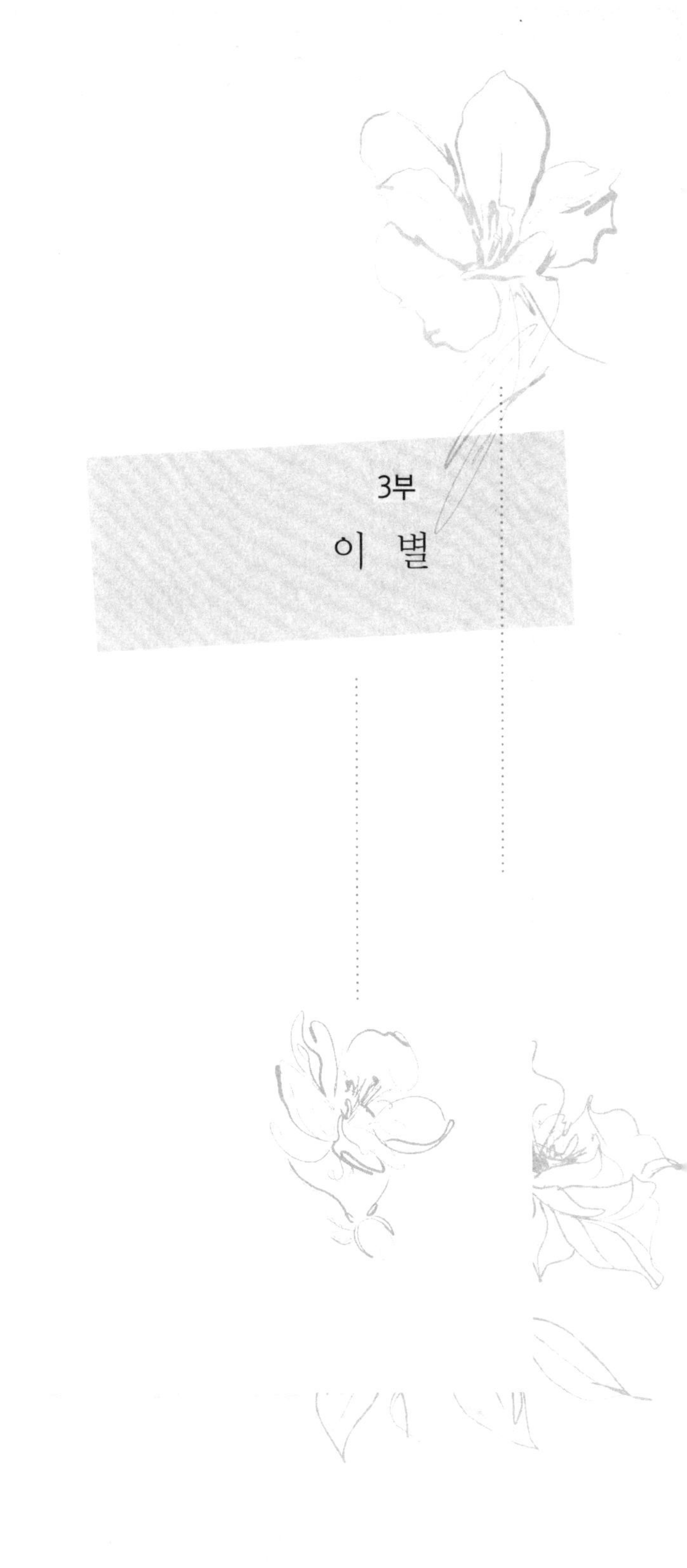

3부
이 별

그리운 친구에게

경자야, 잘 지내고 있니? 보고 싶구나.

올 농사짓느라 많이 힘들었지?

가뭄 때문에 요즘은 가을걷이하느라 바쁘겠구나!

나는 편히 잘 지내고 있어. 전번에 네가 보내준 감자는 맛있게 잘 먹었어.

감자 먹을 때마다 네 생각 많이 했어. 너는 참 좋은 친구였어!

나는 너 하고 등잔불 밑에서 십자수를 놓다가 머리를 끄슬려 서로 쳐다보고 깔깔 웃던 생각을 하면 지금도 웃음이나. 낮에는 집안일 하느라 밤으로 수를 놓았지.

그때는 결혼할 때 벽보, 이불보, 양복거리상보 이런 거를 해가지고 가는 거로 알았잖니! 지금에 와서 보면 아무 쓸모없는 물건인 것을 그리 힘들게 밤잠을 못 자고 했는지 몰라. 경자야, 추수 끝나면 인천에 와! 나하고 월미도 가서 유람선도 타고, 회도 먹고, 옛 추억 이야기도 하면서 바다 구경하자. 갈매기에게 새우깡도 던져주고. 생각만 해도 즐겁다. 꼭 한 번 와 기다릴게.

만나는 그 날 너의 건강한 모습을 보여줘.

엄마 병문안

나는 한 달에 한 번씩 어머니가 계신 청주 요양원에 간다.
이번 달에는 감기 때문에 두 달 만에 간다.
매번 갈 적마다 아들딸들이 번갈아 가며 나를 데려다주었다.
저희도 바쁜데 데려다주니 내 마음은 편하지 않아서 오늘은 나 혼자 가려고 터미널에서 직행버스를 타고 청주요양원에 갔다.

어머니가 계신 병실로 들어가 "엄마, 저 왔어요!" 하고 인사를 해도 아무 반응이 없으셨다. 지난번에는 "내가 누구야?" 하면 "큰딸." 하며 내 이름도 부르시던 분이 두 달 만에 가니 말을 못 하시고 희미한 눈동자로 나를 바라만 보셨다.
식사도 죽으로 드시는데 당신 스스로 못 드셔 요양보호사가 먹여 드린다고 했다. 사 가지고 간 딸기, 바나나를 곱게 뭉겨 입에 넣어드리면 조금씩 몇 번 드시고 싫다고 고개를 저으셨다. 그 모습을 바라보니 불쌍하고 가여워 눈물을 참을 수가 없었다. "엄마, 많이 아프지?" 하니까 긴 한숨을 쉬고 나를 바라보셨다. 뼈만 앙상한 팔다리를 주물러드리면서 말없이 바라보고 있는데 전화벨이 울렸다.

학습관 선생님이 내 이름이 생각나 전화를 하셨다며 안부를 물으셨다. 잠깐의 통화였지만 나의 슬픈 마음은 많은 위로가 되었다. 나를 기억해주시는 선생님의 한 통화는 많은 위로와 배움의 용기를 주었다.

아들 전화

오늘은 날씨가 쌀쌀한 데다 바람까지 불어 다른 날보다 더 춥다.
집안일을 끝내고 TV『아침마당』을 보고 있는데 전화가 왔다.
전화를 받으니 "이 여사님, 식사는 하셨습니까?" 한다.
나는 순간 어리둥절하고 있는데 또 한마디, "이 여사님, 오늘은 날이 쌀쌀하고 추워요. 전기 아끼지 말고 보일러 켜고 계셔요." 한다.
이제야 감이 왔다. 막내아들이었다.
나는 말을 못하고 있다가 누가 나를 여사님이라고 할까 생각하다 "안 사장이었구먼, 안 사장도 추운데 따뜻하게 옷 입고 출근해. 오늘은 사무실도 상당히 춥겠네?" 하니까 껄껄 웃으며 "엄마, 아들 목소리도 몰라?" 한다. "엄마가 나이 들어갈수록 뇌가 인식을 못 하나 봐." 하고 응대를 하면서 나도 웃었다.
"아들, 내 걱정은 안 해도 돼. 집에 있는 나를 왜 걱정해. 너나 건강 관리 잘하고 제때 제시간에 식사도 하고, 추운 날은 좀 일찍 퇴근해. 아들, 사랑해! 좋은 하루 보내라." 하고 전화를 끊었다. 오늘은 아들이 준 웃음 선물을 받고 많이 웃었다.

열린 마음

참 세월은 빠르다.
문자메시지를 받고 학습관에 간 게 엊그제 같은데 3개월이 지났다.
이제 수업도 두 번 가면 끝난다. 좀 더 배우고 싶은데 아쉽다.
그동안 과목마다 선생님이 열심히 가르쳐 주셨는데, 선생님마다 재능이 많으셨다. 상냥하고 애교가 많으신 선생님, 건강하시고 에너지가 넘치시는 선생님, 유머로 수업하시는 선생님, 차분하게 수업하시는 선생님, 네 분 다 훌륭하신 선생님이시니까 내년에도 우리를 가르쳐 주실 거라 믿는다. 이렇게 유명하신 선생님께 수업을 받는 거는 나로서는 행운이다. 처음에 학습관에 왔을 때는 빈자리에 앉으면 임자가 있다고 못 앉게 해서 맨 뒷자리에 앉았는데, 그 자리마저도 한 친구가 자기 자리라고 혼자 앉겠다는 말에 어이가 없었다.
열 받아 그만둘까 하다가 꾹 참고 내가 먼저 다가가야지 하는 마음으로 다니다 보니, 훌륭하신 선생님 가르침에 배우고 싶은 욕심도 생기고 좋은 친구가 더 많아 학습관에 오는 게 즐거웠다.
어디를 가나 가까이하기에 먼 친구가 있고, 설쳐대는 친구도 있다.
수업할 때도 앞서가는 친구가 있다.
맞춤법도 잘 모르는데 품사를 가르쳐달라는 친구, 항상 앞서가며 말을 많이 해 시끄럽고 수업 시간을 빼앗겨 야속할 때도 많았다. 그렇게 많이 아는 친구가 왜 예비수업을 받을까? 좋게 생각하면 그 친구 때문에 더 많은 것을 배울 수도 있겠다는 생각이 든다.

우리를 가르쳐 주신 선생님, 내년에도 건강한 모습으로 우리를 가르쳐 주세요. 삼 개월 동안 수고 많이 하셨습니다.

선생님

오늘은 예비 수업이 끝나는 날이다.
아쉬운 마음에 지난 시간을 뒤돌아보면 과목마다 선생님들께서 참 열심히 가르쳐주셨다.
우리가 이해를 못 하면 몇 번이고 반복해 설명하시며 이해할 때까지 설명을 해주셨다. 때로는 답답해서 고함도 지를 거 같은데, 그 감정을 참으시고 수업 시간 내내 인상 한 번 안 쓰시고 미소와 유머로 우리를 수업에 집중시키시는 모습을 보면서 나는 이런 생각이 들었다. 선생님은 실력만으로 할 수 없다는 것을, 타고난 재능과 인내심, 우리가 이해할 때까지 기다려주는 느긋한 마음을 가지신 분들이 하신다는 것을 깨달았다. 나를 배움에 용기를 주기 위해 과찬을 해주시는 선생님, 내가 슬플 때 전화 한 통화로 많은 위로가 되어준 선생님, 고맙습니다. 수업이 끝나 두 달 집에 있는 동안 선생님 수업하시던 모습이 새록새록 떠올라 입학하는 삼월이 기다려질 것 같다. 좋은 친구들과 헤어져 있는 동안 이름은 모르지만 한 분, 한 분 얼굴을 떠올려보기도 하고, 때로는 다시 한 번 뒤돌아보며 내 마음을 점검하는 시간이 될 것이다.

새해는 선생님을 비롯해 같이 수업을 한 모든 분이 건강하시고 좋은 일 많이많이 있으시길 바랍니다. 내년에 또 만나요.

손녀 생일

오늘이 우리 늦둥이 손녀 생일이다.
옛날 어르신들이 생일에 수수경단을 해주면 좋다고 해서 떡집에다 수수경단을 한 되 해달라고 했다. 나는 아침을 먹고 떡집에 가 수수경단과 꿀떡을 사 가지고 와서 어제 만든 식혜와 떡을 가지고 가려고 했는데, 밤새 눈이 내려 미끄러워 못 가고 아들한테 전화했다. 내가 가려고 했는데 길이 미끄러워 못 가니 네가 와서 가져가라고 했다. 아들은 바쁜데도 마다치 않고 왔다. 별거는 아니지만 열 살까지 수수경단을 해주면 좋다고 해 열 살까지 해주려고 한다. 손녀가 수수경단을 먹고 건강하게 잘 자라기를 바라는 마음에서 손녀가 좋아하지 않지만, 옛부터 생일에 수수떡을 해주면 좋다고 해서 한 것이다. 요즘 아이들은 케이크 빵을 좋아하고, 떡은 좋아하지 않는다.

그래도 해주면 좋다고 하니 열 살까지는 해 주어야지. 지빈아, 수수경단 하나라도 먹고 건강하게 뛰어놀고 예쁜 짓 많이 하고, 할머니 집에 놀러 와! 할머니는 지빈이 보고 또 보아도 자꾸 보고 싶어. 우리 지빈이가 너무 예뻐.

저 산 너머

저 산 너머에는 누가 사셨기에 눈뜨면 저 산 너머를 바라볼까.
나는 오늘도 저 산 너머를 그리워한다.
저 산 너머에는 아버지, 어머니가 계셨지.
두 분이 농사를 짓던 먼 옛날 냉장고도 없고 선풍기도 없던 시절, 샘물은 정수기가 되어주고 들에서 일할 때 바람은 선풍기가 되어주었지.
이마에 흐르는 땀은 바람이 수건이 되어 땀을 닦아주었지.
지금은 냉장고, 선풍기, 정수기에 에어컨까지 있는데, 아버지는 안 계시고 어머니는 요양원에서 위태로운 하루하루를 보낸다.
편리한 것을 얻으니 소중한 분이 안 계신다.
지금 내가 누리는 행복은 어머니, 아버지가 흘린 땀으로 이어진 행복이다.

사랑하는 손녀에게 1

많이 보고 싶고,

네 모습이 그립던 차에 너의 편지를 받으니 반갑고 기쁘구나.

잘 지내고 있지?

여기 할아버지, 할머니도 잘 지내고 있어.

아빠, 엄마, 가족들도 다 잘 있어.

손녀 가기 전에 맛있는 거 못 해주어 마음이 걸려 많이 후회가 되더구나.

밖에 나가 다니다 긴 머리 소녀 뒷모습을 보면 우리 수민이 생각이 나서 나도 모르게 눈물이 나고, 혹시 수민인가 하고 착각을 할 때가 많았어.

수민이 편지를 보니 많이 어른스러워졌네.

돈 아끼지 말고 먹고 싶은 거 다 사 먹어.

뭐니 뭐니 해도 건강이 최고야. 엄마보고 돈 보내 달라 해.

할머니가 학교 간다는 핑계로 수민이 좋아하는 음식도 못 해주고, 같이 즐거운 시간도 못 가져 많이 미안하구나.

먹고 싶은 거 있으면 참지 말고 사 먹어.

타국에서 혼자 몸으로 끼니를 해결하느라 얼마나 힘들까 생각하니 마음이 아프구나.

수민이는 현명하니까 잘 생각해서 힘들면 너를 사랑하는 가족 품으로 오면 좋을 거 같은데, 공부도 해야 하지만 수민이가 너무 외롭잖아.

잘 생각해서 선택하길 할머니는 바란다.

거기 있는 동안 몸조심하고 건강하게 있다가 예쁜 모습으로 돌아오길 바란다.

오늘보다 내일이 더 행복하길 바라며 안녕.

2018.6.

사랑하는 손녀에게 2

네가 독일로 공부하러 갈 때는 이른 봄이었는데 어느덧 무더운 여름이구나.
더운 날씨에 공부하느라 힘들겠다.
나도 학습관에 잘 다니고 있어. 네가 운동 열심히 하라고 해서 걷기 운동도 하고, 운동할 때 너와 손잡고 운동하던 생각이 많이 나. 수민아, 힘들 때는 가끔 야외 나가 운동도 하고. 여기는 지금 장미의 계절이라 거리마다 빨간 장미가 아름다워. 독일도 한국하고 계절이 비슷하다며? 너도 힘들 때는 공원에 나가 꽃구경도 하고, 맑은 공기도 마시면 기분 전환이 되어 피로가 풀릴 거야. 지금은 힘들어도 열심히 공부하고 한국에 올 때는 예쁘고 멋진 모습일 거야. 지금의 고생이 훗날 좋은 영양분이 될 거야. 힘내! 너는 잘할 수 있어. 먹고 싶은 거는 참지 말고 사 먹고, 건강도 챙겨야 해. 뭐니 뭐니 해도 건강이 최고야. 건강해야 공부도 하지. 할머니는 맛있는 거 먹을 적마다 네 생각이 나. 이거는 우리 수민이가 좋아하는데, 저것도 수민이가 잘 먹는 음식인데, 네가 좋아하는 치킨을 먹을 때는 가족 모두 네 생각을 하며 그리움에 대화의 주인공은 너란다. 너무 돈 아끼지 말고 치킨도 사 먹어. 용돈 떨어지면 엄마한테 부쳐달라고 해. 알았지? 할 말은 많은데, 다음에 서로 얼굴 보며 카톡 하자. 몸조심하고 건강히 잘 있어 안녕.

2018.7.6.
금요일 할머니가

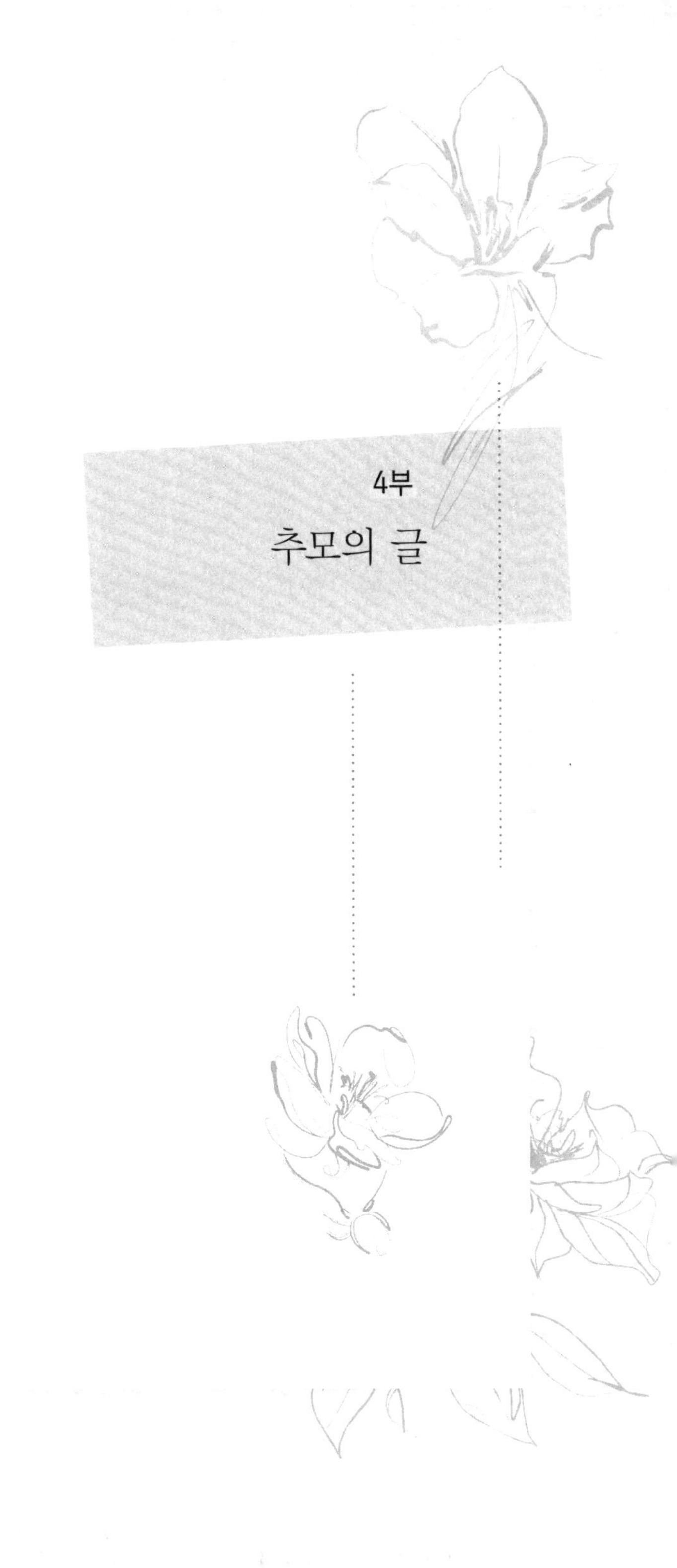

4부

추모의 글

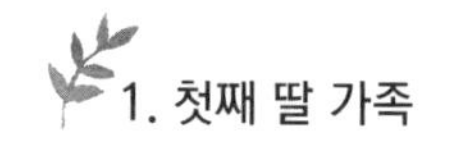

1. 첫째 딸 가족

그리운 엄마에게

엄마를 하늘나라로 떠나 보내드린 지 2주째 되는 날입니다.

엄마, 아픔 없는 천국에서 잘 지내고 계신가요?

우리가 같이 지냈던 모든 추억의 장소가 이제는 슬픔의 장소가 되어 버렸네요.

세상 모든 것을 사랑한 우리 엄마, 인정 많으시고 모든 사물을 사랑의 눈으로 대하신 엄마의 삶을 존경합니다.

엄마의 아픔을 곁에서 살면서도 미리 알지 못하고, 너무도 빠르게 떠나보내드려서 마음이 많이 아픕니다. 어르신들께는 공경을, 아랫사람에게는 아낌없는 사랑을 베푸신 엄마의 마음을 물려받아서 우리 자식 네 명도 그런 삶을 살도록 노력할게요.

아버지 잘 모시고 형제들 우애 있게 살겠습니다.

이 땅에서의 걱정은 모두 내려놓으시고 천국에서는 편안한 삶, 자유롭게 자신만을 위해서 사시기 바랍니다.

더 많은 곳을 함께 여행하지 못해서 많이 아쉬워요.

엄마 천국에서 다시 만나서 우리 많은 것을 함께해요.

그곳에서는 내가 엄마를 보살펴드리는 삶을 살게요.

엄마가 몹시도 그리운 날에

2018.11.3. 토요일

첫째 딸 현심 올림

그리운 장모님께

장모님, 큰사위입니다.

오래는 못사셨지만, 짧지 않은 인생을 희생으로 사신 모습을 보면 마음이 너무 아픕니다. 장모님이 살아오신 길이 항상 다른 사람을 배려하고 본인을 낮춘 모습으로 사셨기에 천국에서 아름다운 모습으로 계실 거라 생각됩니다. 그래서 장모님을 보내드리고 마음에 조금이나마 위로가 됩니다.

장모님의 일기장을 보며, 소녀 같기도 하고 순수한 표현법과 모습에서 이렇게 감성이 풍부하셨나 느끼며 이러한 모습을 뒤늦게 알게 되어 가슴이 아팠습니다. 저희도 장모님 일부분만이라도 본받아 남은 일생을 열심히 살다가 천국에서 뵙도록 하겠습니다.

장모님, 하늘나라에서도 저희 보면서 잘되도록 보살펴주시리라 믿겠습니다.

가족 간에 우애 있게 서로 도우며 열심히 지내고, 행복하게 살겠습니다. 지켜봐 주세요.

2018.12.20.
큰사위 올림

그리운 나의 할머니께

할머니 첫째 손녀 건영이에요.
하늘나라에서 저희 지켜보시면서 잘 계시죠?
모든 것을 사랑의 눈으로 바라보시고, 작은 것에도 감사하며, 소소한 것에도 행복함을 느끼신 소녀 같은 우리 할머니.
배움을 좋아하시고, 무엇을 시작하면 끝을 맺으려고 최선을 다해서 노력하셨던 우리 할머니. 남편을 배려하며, 자식들을 위해서는 어떠한 희생도 마다치 않으신 우리 할머니. 항상 자기 자신보다는 다른 사람을 배려하며 살고, 자신을 위한 삶은 나중이셨던 우리 할머니. 지금도 우리의 곁에 계신 것 같은 우리 할머니…. 저는 할머니를 떠올리면 생각나는 말이 이렇게나 많네요. 할머니가 베풀어주신 사랑이 많아서 저도 그에 보답해서 잘해드리고 싶은 것이 많았는데, 지금은 할머니가 제 곁에 안 계시니 너무도 슬프고 속상해요. 저도 이렇게 할머니 생각이 많이 나고 보고 싶은데, 우리 엄마는 할머니가 얼마나 그리울까요. 제가 엄마 옆에서 잘 지켜드릴 테니 걱정하지 마세요. 할머니! 우리 가족들, 할머니가 저희와 항상 함께하신다고 생각하면서 할머니가 좋아하실만한 행동 하며, 서로서로 잘 챙기며, 우애 있게 지낼게요. 할머니가 쓰신 시에서 자유롭게 이곳저곳 날아다니는 새가 되고 싶다고 하셨던 말이 생각나요. 하늘나라에서는 자유로운 새처럼 할머니를 위한 삶을 살며 지내세요. 저의 할머니로 살아주셔서 감사해요. 다음번에도 저의 할머니가 되어주세요. 할머니 많이 보고 싶습니다. 사랑해요 할머니….

2018년 11월 18일에
외손녀 건영이 올림

보고 싶은 할머니께

이렇게 날씨가 차가워지니 할머니 생각이 더 많이 나게 되네요.
어렸을 땐 무슨 일, 특별한 날이 아니라도 그냥 찾아가면 반갑게 맞아주시던 할머니였는데 제가 컸다는 이유로, 아니 이런저런 핑계로 자주 찾아뵙지도 못하고…. 항상 밥을 잘 안 먹는 저 때문에 "용호도 뭐 좀 먹어야 할 텐데…", "이거 좀 용호 갖다 줘." 하면서 하시던 말씀도, 그때는 흘려듣고 피했었던 얘기들이 이제는 너무 그리워요.
지금 생각해보면 후회되는 일이 너무 많아요. 제대로 같이 찍은 사진 하나 없다는 것이 너무 마음 아프네요. 저는 할머니께서 시를 좋아하시고 공부를 계속하고 싶으셨다는 것도 이제서야 알아서 너무 죄송했어요.
할머니!
이제 하늘에서 할머니가 보고 계시는 걸 아니까 항상 할머니 생각하며 열심히 살게요! 항상 큰 사람이 되길 바라신 것처럼 가족들에게 부끄럽지 않은 사람이 되도록 노력할게요! 지켜봐 주세요.

2018.12.21.
외손자 나용호 올림

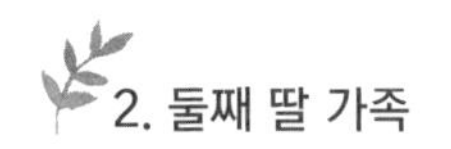

사랑하는 엄마에게

엄마에게 많은 걸 받기만 했는데,

갚을 시간도 안 주고 엄만 천국으로 가셨어.

울 예쁜 딸 수민이와 듬직한 아들 해용이를 키워주시고 보살펴주셔서 감사하고 고마워. 맞벌이한다는 핑계로 애들을 맡겨놓고 고생만 시켜서 엄마 정말 미안해.

우리 애들은 엄마가 할머니가 아니고 엄마래.

둘 다 커서 엄마에게 효도한다고 했는데, 울 엄마 왜 이리 빨리 가셨을까.

엄마랑 둘이 갔던 제주도 여행이 제일 좋았다고 하셨는데, 그때 사진 보면 엄마 표정이 행복해 보여.

사랑하는 엄마!

항상 가족을 먼저 생각하고 남을 배려해주는 자상한 엄마, 언제나 우리 곁에 계실 거라 생각했는데 엄마의 빈자리가 너무 커.

부족한 저를 늘 칭찬하고 장하다고 했는데, 엄마의 그 크신 사랑 잊지 않고 기억할게.

너무 보고 싶은 엄마,

우리 다시 만날 때까지 천국에서 잘 지내세요.

엄마! 사랑해요.

2018.12.2.
둘째 딸이

마 중

나는 고등학교를 졸업하고 정통부에서 실시하는 시험에 합격하여, 우체국 공무원으로 입사하여 인천에서 의정부로 두 시간 이상씩 전철을 타고 출퇴근을 하였다.
초임 발령지가 의정부 우체국이었다. 고등학교를 졸업하고 바로 공무원으로 합격한 것만으로도 좋았기 때문에 거리가 멀어도 악착같이 다녔다.

새벽 6시경 집을 나와 허름한 골목길을 15분 정도 걸어야 학익사거리 큰길 버스 정류장이 나왔다. 강원도 두메산골에서 올라온 우리 가족은 가난하여 시내에서는 살 수가 없었다. 가난한 사람들이 즐겨 찾을 수밖에 없는 산비탈 부근 허름한 집을, 그것도 어렵사리 구하여 살았다. 큰길 쪽에 매물로 나온 집은 있었지만, 시골에서 올라온 형편에 맞추다 보니 시골에서 가져온 돈으로는 집을 구하기가 어려웠다. 편리한 교통과 문화의 혜택은 상상도 기대도 하지 않았다.

그때 의정부로 출근할 때는 언제나 아침 어둠이 발길에서 떠나지 않았다. 그리고 전철로 두 시간 정도 달려 여행 아닌 여행을 했다. 퇴근 시간은 잔무를 끝내고 나면 8시 정도였다. 집에 도착하면 11시 부근이었다. 버스에서 내려 골목길을 걸어 집으로 가는 시간은 15분 정도 걸렸지만, 왜 그렇게 멀었는지….

내가 사는 가난한 동네의 골목길에 서 있는 가로등은 부자 동네 가로등보다 더 드문드문 서있었다. 그래서 불빛도 흐렸고 골목길에 불빛도 힘이 없어 보였다. 그 길을 나는 언제나 둘이서 걸었다. 퇴근길은 언제나 혼자였지만, 그 골목길은 항상 둘이서 걸었다. 퇴근 시간 밤길 골목길에는 엄마가 마중을 나와 내 옆에서 동행을 해주셨다.

나를 키워주고 어둠으로부터 지켜주는 엄마. 그 엄마가 어느 날 퇴근길에 보이지 않았다. 분명 마중을 나와 있어야 할 엄마가 보이지 않았다. 한 번도 혼자 걸어본 적이 없었는데, 혼자 골목길을 가야 한다고 생각하니 무섭기만 하였다. 왜 안 나오셨을까. 생각도 잠시 머리가 쭈뼛쭈뼛 서고 뒤에서 누군가가 따라오는 소리가 들려 뒤돌아보면 아무도 없다. 어두운 담장 아래서 누군가가 뛰어나올 것만 같았다. 온몸에 땀이 끈적끈적 배었다. 약간의 바람 소리에도 몸이

경련을 한다. 오늘따라 집이 멀게만 느껴졌다.

앞에 희미한 물체가 다가온다. 겁이 났다.
그리고 너무 무서웠다. 순간 가로등 불빛도 꺼졌다. 동사무소에서 전기를 아끼려고 가로등을 교대로 소등하고 있었다. 가로등이 꺼지는 순간 나는 소스라치게 놀라며 "엄마야!" 하고 소리를 질렀다. 다가오던 물체도 움찔 놀라는 표정이었다. 뭔 소리가 들렸다. "아가야!" 다가온 물체는 엄마였다. 나는 달려가 엄마 품에 안겼다. 그리고 엉엉 울었다. 무서움 때문만은 아니었다. 엄마는 나를 꼬옥 안고는 "얘야, 내가 피곤하여 깜빡 잠이 들었지 뭐니. 그래서 늦었단다. 많이 무서웠지? 미안하다."
엄마도 밤늦게까지 일을 하고 집에 오신다. 그리고 매일같이 딸의 귀갓길 안전을 위하여 피곤할 몸을 이끌고 마중을 나오셨던 것이다. 엄마의 품이 그날따라 더욱 아늑하고 푹신했다. 엄마 사랑해요.

2004년
둘째 딸

할머니께♥♡

할머니 나 수민이.

오늘 독일로 출국하는 날이야.

할머니 두고 다시 독일로 가려니 슬프다.

더군다나 아파서, 할머니는 나 어렸을 때부터 항상 함께였는데.

할머니 처음 치료받을 땐 다 그렇대.

우리 할머니 씩씩하게 잘 이겨낼 수 있지?

할머니 그동안 씩씩하게 어떤 일이든 잘 이겨내 왔잖아.

나는 할머니가 다시 기운 차려서 가족들이랑 다 같이 수봉공원, 인천대공원, 인하대 가서 고기도 구워 먹고, 참치김밥도 먹고 그러자.

금방 이겨낼 수 있을 것 같은 느낌이야!

할머니 치료받다 아프면 참지 말고 꼭 간호사 쌤 불러서 어디, 어떻게 아픈지 말해줘야 해.

"나는 이까짓 거 이겨낼 테다!" 내가 알려준 대로 항상 소리 내어 말하고! 치료 잘 받고 있어.

나 12월에 또 올게. 독일어 자격증 가지고 와서 할머니한테 자랑할게.

그러면 할머니가 "우리 강아지 참 잘했네, 예쁘네." 하고

엉덩이 톡톡 해줘야 돼. 맨날 해주던 것처럼.

빨리 기운 차려서 할머니가 좋아하는 시도 쓰고, 한문도 배우고, 영어도 배우고, 드라마도 보고, 나 사는 독일도 와봐야지!

할머니 내가 독일 가자마자 써놨던 게 뭔지 알아?

①B2 자격증 따기 ②취업하기 ③할머니 맛있는 것 사드리기

이거였어ㅎㅎ.

할머니 기다리고 있어 내가 꼭 다 해가지고 와서 하나하나 보여줄게! 할머니

사랑하는 할머니 치료 잘 받고, 잘 먹고 있어야 해!

2018.9.18.

외손녀 수민이가

사랑하는 할머니께

생각할 때마다 고마움밖에 없는 할머니 안녕!

직장에서 고생하는 엄마 아빠 대신 누나하고 나 잘 키우겠다고 할머니가 애지중지 키워준 손자 해용이야!

태어나서부터 지금까지 잘 키워주어 고마워!

할머니 그곳에서 잘 지내고 있지?

우리는 다 잘 지내고 있어!

그러니깐 우리 걱정하지 말고 그곳에서 할머니 배우고 싶은 거랑 하고 싶은 거 다 하고, 새처럼 할머니가 가고 싶은 곳 있으면 자유롭게 다녔으면 좋겠어!

할머니는 항상 새를 부러워했잖아.

새들은 날개가 있으니 가고 싶은 곳 자유롭게 갈 수 있다고.

이제 할머니가 챙겨야 할 사람들도 없고, 해야 할 일도 없으니깐 거기서는 할머니가 원하는 삶 살았으면 좋겠어.

여기서는 자식 손자들을 위해서 살았으니깐 거기서는 꼭! 할머니를 위한 삶 살고 있어!

나중에 만나서 확인할 거야!

알겠지?

그럼 안녕.

할머니 사랑합니다. 고맙습니다!

2018.11.30.
할머니를 사랑하는 외손자 해용이가

어느 병실에서

모진 겨울의 아픔 이겨내고 찾아왔던
봄의 아름다운 모습이 끝나가듯
10월의 나무들이 서둘러 떠날 준비를 하고 있다
온 세상을 꽃으로 피어 살아왔던 당신
꽃이 아닌 꽃들과 어울려
환하게 살아온 시간들은 정말 아름다웠네
별들이 가득 내려오는 새벽녘
병실 창가에 비친 당신 얼굴
하염없이 바라보는데
눈물처럼 창가로 흐르는 저 빗물
당신의 모습을 자꾸만 지우고
붉게 붉게 익어가는 10월의 숫자들이
당신을 어디론지 끌고 가려 하네
처마 아래 청시래기 위로 하얀 눈 내리면
푸르른 하늘을 훨훨 날고 있을 당신
가장 아름답게 피었다 지는 꽃 당신
사랑합니다! 참 고맙습니다!

2018.10.10. 02시, 길병원 암센터 병동에서

둘째 사위 전병호 드림

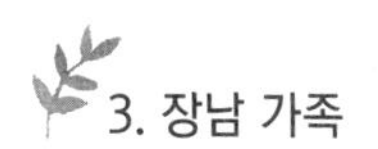

그리운 어머니께

어머니, 어머니, 이제 더는 못 참겠어요.

제가 슬퍼하면 주위 가족들 모두들 슬퍼할까 꾹 감정을 누르면서 하루하루 나아질 거라 믿고, 지금의 시간도 흘리려 했지만….

가슴이 답답하고, 숨이 멎을 것만 같아요.

그립고, 보고 싶은 걸 어떡해.

사랑하는 울 엄마, 넘 보고 싶어.

오늘은 늘 엄마가 "먹지 마라.", "줄여라." 늘 말씀하셨던 것만 할 거니 오늘만 봐줘요.

넘 보고 싶어요.

잊을 수 없는 울 엄마 얼굴.

넘 보고 싶어요.

늘 내 걱정하는 그 목소리.

너무나 너무도 사랑해요.

내가 세상에서 제일로 사랑하는 울 엄마.

2018.12.3.

큰아들 광현 올림

Asalomu alaykum oyijon

Oyijon men O'zbekistondan kelgan ikkinchi keliningiz Gulixayoman.

Koreyaga kirib kelib balnitsada faqat ikkikun ko'rishibmiz va vafot etdingiz vafot

etganizdan judaham xafabo'ldim

Juda erta hayrlashdik o'rningz bilinyapti

Erim bilan baxtli va yaxshi yashaymiz nargi dunyoda rohat farog'atda yashang

Sizni yaxshi ko'raman, oyijon.

2019.1.20.

Xurmat bilan ikkinchi keliningz Gulxayo.

어머니 안녕하세요.

어머니 저 우즈베키스탄에서 온 첫째 며느리 굴화이요예요.

한국에 입국해서 병원에서 본 지 이틀 만에 하늘나라로 가서 너무 슬퍼요.

너무 일찍 헤어져서 아쉬워요.

남편이랑 행복하게 잘 살게요.

하늘나라에서 편히 쉬세요.

사랑해요, 어머니.

2019.1.20.

첫째 며느리 굴화이요 올림

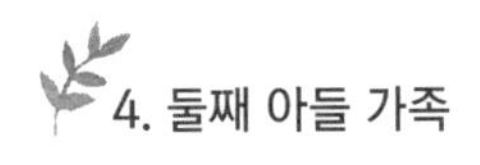

4. 둘째 아들 가족

보고 싶은 엄마에게

아침에 눈을 뜨면 엄마 사진을 먼저 보네.

그러곤 곧 꿈이 아닌 현실을 받아들여.

엄마를 그렇게 황망하게 떠나 보내드리고 나서 생긴 습관이야.

엄마랑 함께했던 48년의 세월 정말 행복했어.

내 엄마라서 너무나 고마워.

다음 생에는 꼭 내 딸로 태어나 줘. 내가 정말 많이많이 사랑해줄게.

엄마가 늘 곁에 계실 거라는 착각 속에 생각만 할 뿐 아무것도 하지 못한 미련한 아들 용서해줘.

엄마랑 단둘이 좋은 데도 가보고, 맛난 것도 먹고, 웃고 떠들고 그러고 싶었는데….

6개월만 맘 편히 혼자 살고 싶어 하시던 그 소박한 꿈도 못해 드린 게 한이 되네.

우리 엄마 살아생전 고생도 참 많이 하셨어.

남편 사랑 못 받고 평생을 4남매 키우기 위해 힘들게 사셨는데….

엄마와 나눴던 문자, 카톡을 보며 말이라도 조금 더 살갑게 해드리지 못한 내가 원망스러워.

엄마는 천국에서의 생활이 정말 좋은가 봐.

워낙 성격 좋으시고, 친화력도 좋으시니 친구들 벌써 많이 사귀셨을 거야.
엄마 사진 보며 자기 전에 꿈에서 보자고 약속을 하는데도 내 꿈에 나타나시질 않으니 말야.
다행히 친손녀 꿈에는 예쁘게 나타나셔서 위안이 되네.
엄마에게 전화하면 "아들아!" 하면서 받으실 것 같아 아직 엄마 휴대폰 해지 못 하고 있어.
본가에도 자주 가고 싶지만, 한양 생각하면 눈물부터 나서 발걸음이 안 떨어지네.
주차하는 소리에 부엌 창문 열고 나를 부르며 달려 나올 것 같고, 집안 어느 한 곳 엄마가 그려지지 않은 게 없어서 가슴이 답답해.
뭐든 먹으라며 이것저것 내어주고, 다 큰 아들 용돈 줄라고 꼬깃꼬깃 모아둔 돈 챙겨주고, 엄마의 사랑, 그 마음도 모르고 마음에 상처받을 잔소리들만 한 게 너무 죄송스러워.
그리운 목소리, 따스한 손결, 다정한 눈빛, 엄마가 해주신 맛있는 음식과는 이별하지만…, 언젠가는 우리 꼭 다시 만날 거야.
천국에서는 아무 걱정 없이 아프지 말고, 하고 싶고, 보고 싶고, 먹고 싶은 거 다 즐기면서 편하게 쉬고 계세요.

좋아하는 공부도, 시 쓰는 것도 맘껏 하시고.

엄마에게 받은 사랑 천국에 가서 천 배, 만 배로 갚을게.

하늘만큼, 땅만큼, 우주만큼 사랑해 엄마.

2018.12.20.

막내 광태 올림

어머님께

어머님!

눈이 쌓인 아침이에요.

올겨울 들어서 처음으로 눈이 소복이 쌓였습니다.

내리는 눈을 보니 또 어머님이 생각납니다. 그립습니다. 보고 싶습니다.

한양아파트 문을 열고 들어가면 환하게 웃으시며 저희를 반겨주시던 모습이 생생해요. 지금도 문 열면 "어서 와라!"라고 하시며 반겨주실 것 같아요.

자식들에게 하나라도 더 맛난 거 먹이시려고 "먹어라, 먹어라." 하시던 말씀도 귓가에 맴도네요. 그때는 먹으라는 말씀 좀 그만했으면 좋겠다는 생각을 했는데, 안 계시니 이젠 그 말이 너무도 듣고 싶어요. 시어머니와 며느리로 만났지만, 어머님 자란 이야기, 시집살이한 이야기하며 같이 웃고, 같이 속상해하고, 같이 화내기도 했었지요. 같은 여자로서 어머님의 일생이 너무 힘들어 보여서 짠하기도 했었지요. 그렇지만 제일 중요한 자식 농사를 어머님께서는 아주 잘 지으셨지요. 걱정 많으신 우리 어머님, 자식들 걱정에 마음 편히 눈감지 못하셨을 거 같아요. 이젠 하늘나라에서 마음 편안하게 지내고 계세요. 항상 그래 왔듯이 저희 형제자매들 항상 잘 지내는 모습 보여드릴게요. 사랑해요.

12월 눈 내리는 날에
둘째 며느리 올림

할머니 사랑합니다.

보고 싶은 할머니!

할머니가 떠나신 지도 꽤 많은 시간이 흘렀어요.

제 기억 속에는 할머니가 공원에서 제게 불러주시던 『고향의 봄』이라는 노래가 기억에 남아요. 아마 가장 오래된 기억이자, 까먹지 못하는 기억이 될 것 같아요.

가까이 계신다는 생각에 가족이 함께 가지 않으면 홀로 찾아뵙지도 않고 소홀했던 것 같아요. 이제와서 생각해보니 함께 있던 시간은 많았지만, 기억 속에 남아있는 할머니의 모습은 그만큼 많지 않아 죄송해요.

앞으로 할머니가 바라시던 것처럼 공부 열심히 하고 노력해, 스스로에게 떳떳한 사람이 되어서 할머니랑 한 약속 꼭 지키려고 노력할게요.

좋은 곳에서 행복하게 지내시면서 저 계속 지켜봐 주세요.

사랑해요 할머니.

2018.12.

지환이가 할머니께 드립니다.

사랑하는 할머니

너무너무 보고 싶어요.

할머니가 곁에 안 계신다는 사실이 아직도 믿기지 않아요.

할머니 댁에 가면 금방이라도 웃으면서 맞아주실 거 같은데….

너무 그리워요. 사진도 많이 찍고 이야기도 많이 하고, 안마도 해드리고, 많이 찾아뵐 걸이라는 생각이 계속 들고 후회가 들었어요.

지금에서야 이런 생각을 하게 돼서 너무 죄송해요.

할머니!

저 항상 열심히 해서 꼭 자랑스러운 멋진 사람이 될게요.

지켜봐 주세요. 천국에서 아무 걱정 없이 아프지 않고 행복하게 지내셔야 해요!

사랑해요 할머니.

12월 20일

지현이가

♡할머니께♡

할머니 사랑해요.

저 지빈이에요.

할머니 하늘나라에서 뭐하고 계세요?

보고 싶어요.

근데 제가 이제 초등학교에 가요. 할머니 기대되죠?

근데 할머니는 누가 제일 좋아요?

할머니 사랑해요.

지빈이가 사랑하는 할머니께 드려요.

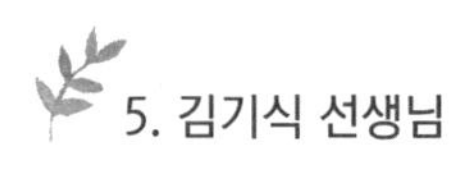

5. 김기식 선생님

님

꿈을 한 아름 품은
늘 소녀로 있으셨다
그런지 작은 일조차
즐거운 행복만으로
놀라워하셨다
배움이 좋아
어려운 한자 급수에
도전하고
성공하고…

가족을 사랑하고
친구를 좋아하는 마음의
맑은 영혼으로
글을 담았다
당신의 모든 마음도
하나하나 움직임도
다 행복뿐이었다.

그리운 님을 생각하며….

인천 평생학습관 중등과정 한문 선생님 김기식 적다.

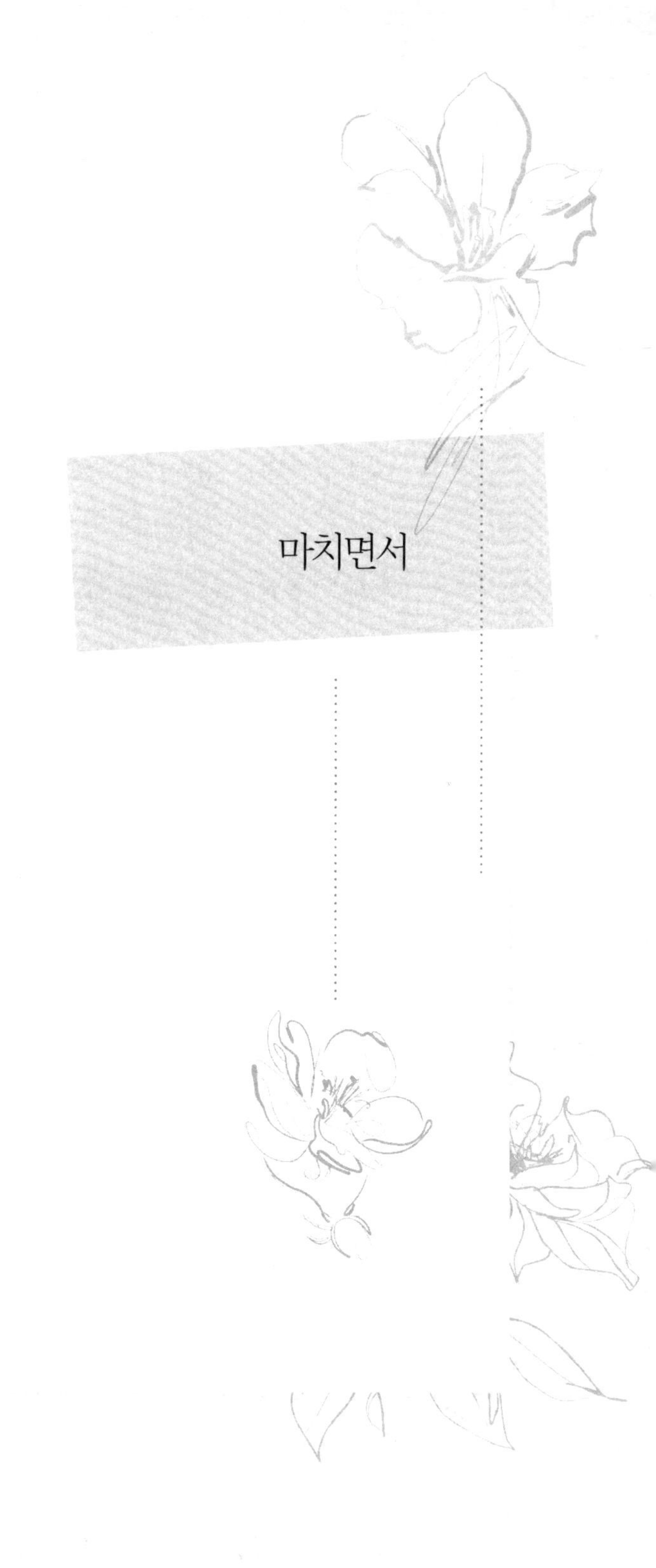

마치면서

산 無번지

산 無번지
그곳에도 새가 산다

걷는 곳 모두가 길이 되는 허공 虛空
虛空은 길을 오래도록 내주지 않는 것처럼
날았던 길 금세 지워져
되돌아올 수 없는 길을 밟으며
새를 따라 날아가 본 적 있다
가파른 등고선을 밟으며 오르는 길
듬성듬성 나뭇가지 사이로 공장들이 내뱉은 怪聲들이
밤낮으로 잎새를 피워 올려 숲을 이룬 사이를 지나
별들이 촘촘히 어울려 사는 밤하늘
하늘 가까운 동네
산 無번지

겨울은 단풍잎보다도 먼저
나뭇가지에 하얀 잎새를 피워 올렸고

겨울은 봄 늦게까지 게으름을 피우다 돌아갔다
한여름 뙤약볕은 아침 녘부터 내려 꽂혔고
한겨울 햇살은 닿은 둥 마는 둥 창가에서 입맛만 다시다
허기진 배를 움켜잡고 돌아갔다
내린 달빛도 꿈처럼 흐물흐물 흩어져 사라지는
안개가 하루의 햇살을 잡고 제일 오랫동안 지랄을 떠는 곳
창가로 별이 가득 내리는 밤
눈 감자마자 별이 산 너머로 사라지는 동네
쫓겨 갔던 허기진 가난들이 되돌아
다시 꽃을 피우며 어울려 사는
이산 저산 마주치다 되돌아와 목시울 적시는 이별의 메아리가
마지막으로 숨을 거두는 곳 산 無번지
차량의 헤드라이트 불빛은 거침없이 날아와 창가로 꽂혔고
높은 곳을 지향하는 소리의 생명력처럼
차량의 경적 소리와 공장의 쇠를 깎는 怪聲은
한몸이 되어 산 無번지로만 날아들었다
게으른 등고선 사이 진창길 가에 돋아나는

질경이 푸른 잎새의 꿈처럼
입가에 미소를 머금고
하루에도 수십 번씩 바람에 흔들리는 나무들
제 홀로 뿌리를 내리며 산다

새들은
저녁이면 아랫녘 어둠을 몰고
산 無번지로 모여들었다, 새벽녘이면
다시
아랫녘으로 날개를 편다

집사람과 연애 시절 학익동 산동네를 자주 갔습니다.

학익삼거리에서 구불구불 걸어 한참을 걸어서 산 안쪽으로 들어가야 나오는 학익동 468번지, 하늘과 제일 가까운 산동네. 처갓집.

집주변으로 쇠파이프를 만드는 공장이 있었고, 그 공장에서 나오는 소음이 밤낮으로 개처럼 짖어 동네 사람들을 괴롭혔습니다. 그런 동네에서도 처갓집 식구들은 웃음을 잃지 않고 살고 있었습니다.

밤낮으로 소음에 시달리며 겨울철 해가 제일 늦게 뜨고, 일찍 지는 동네, 바람도 잘 들지 않는 집.

"겨울은 봄 늦게까지 게으름을 피우다 돌아갔다
한여름 뙤약볕은 아침 녘부터 내려 꽂혔고
한겨울 햇살은 닿은 둥 마는 둥 창가에서 입맛만 다시다
허기진 배를 움켜잡고 돌아갔다
내린 달빛도 꿈처럼 흐물흐물 흩어져 사라지는
안개가 하루의 햇살을 잡고 제일 오랫동안 지랄을 떠는 곳
창가로 별이 가득 내리는 밤
눈 감자마자 별이 산 너머로 사라지는 동네

쫓겨 갔던 허기진 가난들이 되돌아
다시 꽃을 피우며 어울려 사는 동네"

가난한 동네 살았던 사람들만이 느끼고,
산동네 사는 사람들만이 알 수 있었던,
그런 산동네 허름한 집에서 집사람과 장모님은 내일의 꿈과 희망을 안고 살고 있었습니다. 산 쪽으로 오르면 오를수록 이웃들이 옹기종기, 아웅다웅 모여 살고, 산 아래로 내려갈수록 사람들은 땅에 금을 긋고 네 것 내 것 욕심을 부리며 살던 때, 장모님은 봉재 회사에, 장인어른은 전자 회사에 다니며, 새들이 새벽이면 아랫녘으로 희망의 날개를 편 것처럼 가족들은 내일의 밝은 희망을 찾아 아침마다 날개를 폈습니다.
산 無번지,
번지 없는 곳에는 사람들이 살 수 없는 곳이었지만, 그곳에도 사람들이 아름답게 살고 있었습니다.

위 시는 집사람과 연애를 할 때 처갓집을 오가며 느끼고 얻은 영감을 소재로 쓴 시입니다.

이 시를(경찰청장상 수상작) 장모님 영전에 바칩니다.

둘째 사위 전병호 드림

그리운 엄마
함께했던 시간
행복했습니다.
감사합니다. 사랑합니다.
천국에서 편히 쉬시고
우리 다시 만나요.

엄마의 일기장

펴 낸 날 2019년 2월 15일

지 은 이 전병호
펴 낸 이 최지숙
편집주간 이기성
편집팀장 이윤숙
기획편집 최유윤, 이민선, 정은지
표지디자인 최유윤
책임마케팅 임용섭, 강보현
펴 낸 곳 도서출판 생각나눔
출판등록 제 2008-000008호
주 소 서울 마포구 동교로 18길 41, 한경빌딩 2층
전 화 02-325-5100
팩 스 02-325-5101
홈페이지 www.생각나눔.kr
이 메 일 bookmain@think-book.com

• 책값은 표지 뒷면에 표기되어 있습니다.
ISBN 978-89-6489-948-9 03810

• 이 도서의 국립중앙도서관 출판 시 도서목록(CIP)은 서지정보유통지원시스템 홈페이지(http://seoji.nl.go.kr)와 국가자료공동목록시스템(http://www.nl.go.kr/kolisnet)에서 이용하실 수 있습니다(CIP제어번호: CIP2019001958).